向陽——主編
白靈　焦桐　陳義芝　蕭蕭——編委

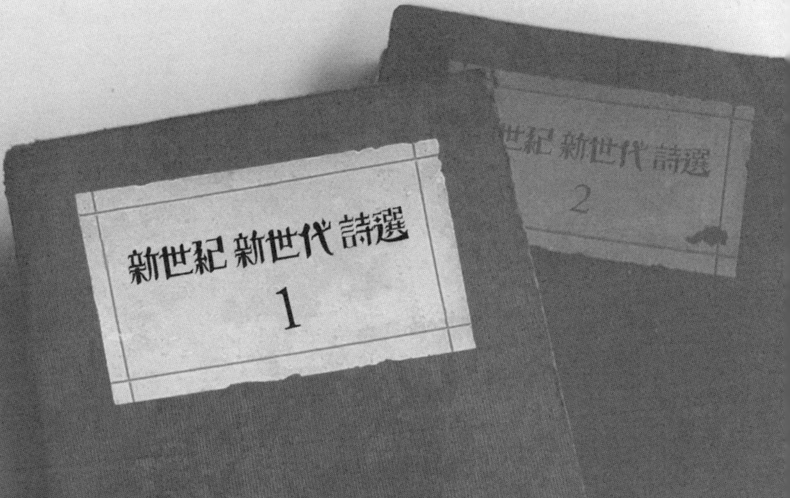

編輯凡例

一、本詩選以新世紀出現詩壇之新世代詩人為選輯對象，以入選者之創意性、殊異度及影響力為薦舉條件。經編委會討論，薦舉五十二家，選入二三二首詩作。

二、新世紀，即二十一世紀；新世代，指一九八〇—一九九九年出生、活躍於二〇〇〇—二〇二二年的詩人。

三、選錄範疇：以二〇〇〇—二〇二二年發表於臺灣出版的詩刊、詩集、詩選、報紙副刊、文學雜誌之詩作為範疇。

四、選稿矩度：以「凸顯新世代詩人特色，展現新世紀新詩版圖」為矩度。

五、編選秩序：選入詩人依出生年月序齒，詩作以發表先後為次，各具倫常。

六、編選體例：依筆名（下附出生年）、作品（篇後附發表處）、詩人（自撰簡介）、詩觀（詩人自述）與詩評（編委撰述）為序，體例井然。

目錄

導言

瞭望臺灣新詩新版圖

向陽

一、

呈現在你眼前的這部《新世紀新世代詩選》是以一九八〇年迄二〇〇〇年出生的詩人為編選對象的選集。因此，這是一部將焦點聚集在現年二十到四十歲上下的新世代詩人創作成果詩選。在臺灣百年新詩發展的舞臺上，收入這部詩選的新世代詩人，在二十一世紀的第一個二十年，用作品展現風華各異、聲腔有別的身影、臺步，宣示他們不同於二十世紀各世代詩人的位置，容得讀者詳加賞覽，斟酌細品，並給予掌聲。

這部《新世紀新世代詩選》的編纂，緣起於二〇二〇年《新世紀二十年詩選》的出版。《新世紀二十年詩選》係由蕭蕭主編，白靈、陳義芝、焦桐與我擔任編委，精選二〇〇一年到二〇二〇年間六十位臺灣重要詩人創作的精典詩作而成，具體展現了新世紀二十年詩壇的風采。這套書出版後備受重視，唯我們五位編委仍覺有所欠缺，在一次例行聚會中進行檢討，發現一九八〇後的詩人僅有葉覓覓（一九八〇—）與崔舜華（一九八五—）兩人入選，未能突出新世代詩人群這二十年間的多元表現和創作成果，而有專為新世代詩人新編詩選的構想，並委我主編。這個構想獲得九歌陳素芳總編輯的支持，經過一年多的編選作業，終於有了這部《新世紀新世代詩選》的誕生。

臺灣歷來的詩選甚多，剔除個人詩選、同仁詩選，以及各類主題詩選（如愛情詩選、海洋詩選、地誌詩選、政治詩選、臺語詩選……等）不論，最常見者為以擇優汰凡、型塑經典為目的，編選多人佳構的詩選。這類選集，時間跨度長者如《中國現代文學大系・詩卷》（巨人，一九七二）、《中華現代文學大系・詩卷》（九歌，一九八九）、《二十世紀臺灣詩選》（麥田，二〇〇一）、《新詩三百首・百年新編》（九歌，二〇一七）……等；時間跨度以年代切割的如《六十年代詩選》（大業，一九六一）、《七十年代詩選》（大業，一九六七）、《八十年代詩選》（濂美，一九七六）；時間跨度最短者則是單一年度詩選如《一九七〇年詩選》（仙人掌，一九七一）和後來的爾雅版、前衛版、二魚版等年度詩選。

相較之下，聚焦於「世代」這個社群屬性或概念而編選的詩選並不為多。記憶中最早的世代詩人選集應是朱沉冬、沈臨彬、張默、管管合編的《新銳的聲音：當代二十五位青年詩人作品集》（三信，一九七五）。這本詩選選錄的青年詩人當年最長者二十八歲，最小者十六歲，出生年在一九四七至一九五九年，屬於戰後世代詩人選集。其中如蕭蕭、渡也、蘇紹連、汪啟疆等今皆已成大家。

同樣聚焦於戰後世代詩人的另兩本詩選，一是由當時的青年詩刊《綠地》編選的《中國當代青年詩人大展專號》（德馨室，一九七八），選入當年三十五歲以下（一九四六到一九五九年出生）的九十七位詩人作品。這是由戰後世代詩人編選的第一本戰後世代詩選，廣納了當年從事現代詩創作的青年詩人。二是由我編選的《春華與秋實：七十年代作家創作選‧詩卷》（文化大學，一九八四），這本詩選是以強調世代差距，有意與前行世代詩人有所區隔的選集，我在編選序文中如此強調：

在整個七十年代的十年間，這些新世代詩人不斷透過詩刊的改革、詩社的運動、詩選的編輯以至詩的詮釋、解析，實踐他們與前行代詩人不同的理想，他們甚至也透過詩與畫、詩與歌、詩與其他藝術創作結合的努力，多元而又集中地促成詩的社會化。這種風潮提醒了前行代正視現實、調整詩路，影響所及，各報副刊亦自一九七五年起接受詩作，六十年代末期現代詩運的渾噩自此才算一掃而空。

這本詩選選入的詩人，出現詩壇多在一九七〇年代，當年稱為「七十年代詩人」或「新世代詩人」；他們都生於二次大戰之後，為了區隔戰前出生的前行代，因此也有「戰後世代詩人」之稱。以「世代」作為概念的詩選，到此有了明晰的面貌。

接著，具有「世代」概念的詩選是林德俊編選的《保險箱裡的星星：新世紀青年詩人十家》（爾雅，二〇〇三），選錄自一九六八至一九八一年出生的詩人紫鵑、李懷、吳文超、徐國能、李長青、林德俊、解昆樺、陳柏伶、陳雋弘、曾琮琇十家，可說是首部一九七〇世代詩選；以一九八〇世代為主的詩選，則是楊宗翰策畫，謝三進、廖亮羽編選的《臺灣七年級新詩金典》（釀出版，二〇一一）。「七年級」指的是民國七十至七十九年（即一九八一至一九九〇年）出生的詩人，計選入何俊穆、林達陽、廖宏霖、廖啟余、spaceman（孫于軒）、羅毓嘉、崔舜華、蔣闊宇、郭哲佑、林禹瑄等十位詩人作品。這本詩選的特色是由同世代評選同世代的方式編選，入選詩人均是崛起於網路與數位年代的詩人，他們以臉書、噗浪、推特、部落格等自媒體為基地而成家，詩選展示了他們與前行世代詩人不同的語言風格和美學。

再接著出現的世代選集，則是陳皓、陳謙合編的《一九六〇世代詩人詩選集》（小雅文創，二〇一四）、《臺灣一九五〇世代詩人詩選集》（小雅文創，二〇一六）與陳皓、楊宗翰合編的《臺灣一九七〇世代詩人詩選集》（小雅文創，二〇一八）。三本世代詩選，含括了一九五〇、一九六〇到一九七〇年代出生的「世代」，加上前述各時期已出世代詩選，就能觀察出戰後臺灣詩壇不同世代詩人相互殊異的創作風貌和美學表現；連結起來，則共構了戰後臺灣新詩的總體系譜。

這部《新世紀新世代詩選》，在前述已出的世代詩選基礎上出發，之所以擇定以一九八〇年迄二〇〇〇年出生的新世代詩人為編選對象，理由有三：一、補遺：補充《新世紀二十年詩選》一九八〇世代詩人作品選錄之遺憾，也擴增《臺灣七年級新詩金典》未選詩人之不足；二、強化：在既有世代詩選中，仍未見收錄的是一九九〇世代詩人，他們的年歲約在二十二到三十二歲之譜，同屬新世紀新世代，選錄他們的詩作，自可強化新世代陣容；三、彰顯：一九五〇世代詩人往前與一九二〇世代詩人（如一九二一年生的周夢蝶，一九二四年生的林亨泰，一九二八年生的余光中、洛夫、羅門等）約有三十左右歲差，顯示前行代與戰後代的世代區隔，也約為三十年。一九八〇世代晚於一九五〇世代同為三十年左右，通過較詳盡、較全面的詩選，應可突出新世紀新世代詩人迥異於前一世紀戰後世代詩人的身姿和臉顏。在意義上，也彰顯了詩壇世代交替時代的到來。

二、

「世代」是一個具有文學社會學意義的概念，它是以時間軸為基準，泛指在同一個時間軸之內出生的人群，他們擁有共同的時代背景、生活經驗和集體記憶，因而與不同世代產生世代差異，表現在文學創作社群上，也可視為觀察文學風潮、流變和美學差異的基準之一。

以臺灣詩壇的「戰後世代」為例，他們大約出生於一九四五年二次大戰結束之後，以迄於一九五八年八二三炮戰後的時間軸內。他們接受的是國民黨統治下的完整教育，見證過反共國策和白色恐怖統治；他們進入文壇之際，大約已進入一九七〇年代，成為一九七〇世代作家，又共同見證了中華民國的外交頓挫，重行省思文學與時代、土地的關係，因而表現在這個世代的文學傾向，就是從前一世代的現代主義轉向寫實主義和本土書寫。

法國文學社會學家埃斯卡皮（Robert Escarpit）在他的《文學社會學》中，曾針對作家的書寫提出兩個概念：即「世代同儕」和「班底集群」的集體現象。「世代同儕」，指的是出生於某一時期的作家會形成精英輩出的世代，在文學編年史上叢聚而出，如天上星辰，照亮文學史某個特出的年代。以臺灣新文學史為例，一九三〇年代日治下臺灣作家的群出、一九五〇年代來臺作家的群聚、一九七〇年代鄉土文學與戰後代作家的群起，都是顯例。現代詩壇的世代現象亦復如此。

如從「班底集群」現象來看，埃斯卡皮指出，班底通常反映在改朝換代、革命、戰爭或其他重大政治事件發生之際，會促成同一時期的作家集群以結社方式出現於歷史舞臺上，並通過班底集群的書寫共識改寫文學史。中國的五四運動、臺灣的鄉土文學運動都具有這種特質。現代詩壇現代派的成立，以及前一世紀的詩社林立，互相論戰，競逐詩壇文化領導權也是這樣。

「世代同儕」和「班底集群」也有疊合的時候。如一九五〇年代的臺灣現代詩運動，就是「世代同儕」和「班底集群」雙重疊合的結果。紀弦、覃子豪、林亨泰的書寫，可以視為同一世代的群聚；現代派的成立，則是班底的形成；其後藍星詩社、創世紀詩社、笠詩社的成立，都存在著世代和班底的交相影響。一九七〇年代，戰後世代組成的龍族詩社、主流詩社、大地詩社到陽光小集，既是世代同儕的相濡以沫，也是班底集群的相互取暖。

不過，到了新舊世紀之交，詩壇班底集群的現象已不復蓬勃。過去的詩社林立、論戰頻仍，已不復見，平面媒體（副刊與詩刊）的傳播力更逐漸消頹，轉而為網路、數位乃至影音媒體所取代，詩人的創作和定位不再需要班底集群的肯定，而是依靠作品，以及世代同儕的關注而受到認可。新世紀之後，新世代詩人的創作趨勢，也因此可以由世代同儕的現象切入觀察。新世代詩人通過他們各自獨立的書寫，標誌他們的書寫位置；他們的混聲合唱，也足以呈現不同於舊世紀的嶄新景觀。

《新世紀新世代詩選》的重大意義就在這裡：通過編選出生於一九八〇到二〇〇〇年出生的新世代詩選，可以讓我們了解這個世代詩人的總體風格，區辨他們和前世紀的戰後世代詩人的美學差異：他們如何通過詩反映（或者不反映）身處的時代、家國？如何通過詩與社會進行（或者不進行）對話？上個世紀常見的美學爭辯（現代主義／現實主義、後現代／後殖民）似乎對他們已經不造成困擾，他們自由航行在詩的大海，飛翔於詩的天空，不受羈絆、毫無滯礙。這種可喜的現象，在這部詩選中歷歷可見。

這本詩選收入的新世代詩人，從生於一九八〇年的何亭慧、葉覓覓，到生於一九九九年的林宇軒，共五十二家，依照出生年序編選他們的代表作。一九八〇世代的詩人四十三家，一九九〇世代詩人九家；女性詩人十八家，餘為男性詩人，也如實反映了新世代在新世紀前二十年的創作生態。總體來看，五十二家詩人，無分性別、族群或出身，都在同一個天空之下，同一塊土地之上，以神態各異的樹的姿勢展現風華，或者如飛鳥一般展翅翔飛。從內在心靈的獨白、敘說、挖掘，到外在現實的凝視、參與、批判；從私己空間的感性觀照，到公眾事務的知性反思；從語言的選擇、技巧的混用，到文類的混雜、美學的建構——他們各有所長，各有風格，合而觀之，如眾樹，蔚然成林；也如眾鳥，展翅飛天。展讀這五十二家詩人作品，足以讓我們一覽新世紀新世代詩人相互競秀的風姿，以及他們用詩作勾勒出的新世紀版圖。

如以世代差異來看。約略以言，一九五〇世代詩人出現於一九七〇年代，受到臺灣政治與社會變遷的影響甚大，多半充滿改變家國的壯志，因而掀起臺灣現代詩從現代主義轉進到寫實主義的風潮；一九六〇世代的詩人出現於一九八〇年代，正是臺灣走向解嚴，社會逐漸開放的階段，這使他們嘗試以解構的後現代手法，通過作品與社會與互動；一九七〇世代的詩人則是在一九九〇年代臺灣已然解嚴下出現，詩壇遊戲規受到網路影響而潰散，舊世紀的美學也受衝擊，使他們的書寫陷入困局。一九八〇之後的新世代不同，他們出現於二十一世紀的新舞臺，擁有臺灣已然民主、自由的語境，可以放開束縛，展現多樣、繁複的書寫方向，用他們自己的美學、信仰和語言，表現最真實的自我，他們是不受單一規尺、單一美學影響的世代，天空任他們飛，大海任他們翻。

二、

臺灣新詩的發展，從一九二〇年代迄今百年，歷經兩個殖民年代，不同世代的詩人各有在不同年代需要面對的書寫課題。戰前日治時期的詩人，在殖民語境之下，面對的是語言問題，包括生活的語言和文學的語言，面對日文、漢文和臺灣話文的選擇，世代差距並不大，而是到底要依附殖民帝國語言或者重建民族文學語言的差別。其間雖然也有風車詩社高舉超現實主義的美學旗幟，畢竟未能竟其全功。

國民黨威權統治時期（一九四五至一九八七年），同樣存在語言問題，首先是戰後初期，「跨越語言的一代」必須從日文書寫轉為華語書寫的關卡，導致本土詩人必須等到一九六四年成立笠詩社之後才能跨出步伐；其次是一九四六年開始執行的「國語」政策，以及隨之而來的國語運動，也使得臺灣本土語言無法發展，更遑論透過創作，形成文學語言，必須等到一九七〇年代中期才出現臺語詩人及作品、一九八七年之後才有客語詩人及作品，而以原住民族語書寫的詩作則要到進入二十一世紀之後才出現。

百年臺灣新詩史（乃至文學史）的最大缺角，就是臺灣本土語言作品的缺席。這個令人遺憾的現象，也存在於這部《新世紀新世代詩選》之中，以臺語、客語、原住民語書寫的詩人都僅有一家（依序是李桂媚、林益彰、沙力浪），顯示進入新世紀之後，一九八〇後的新世代詩人以本土語言寫詩者已有萎縮的趨勢。對比於一九九〇年代本土語言詩人的寫作陣容之多，簡直不可同日而語；對照二〇一八年年立院三讀通過的《國家語言發展法》，已將臺灣各固有族群使用之語言及手語列入的新法，新世代多數使用華文寫詩，不善於閩、客、原住民族語的趨勢，也令人憂心。

其次，在表現美學上，新世代詩人群固然擁有全然開放的語境，無需被各種美學主張或主義所拘限，但正因為如此，也可能陷入不知為何而寫、如何而寫的困境。特別是創作年齡仍在起步階段的詩人，創意和想像力不缺，缺的可能是詩觀的建立、語言的驅使和詩想的掌控。詩觀，建立在詩人的世界觀上；語言與詩想，則是呈現詩人獨特風格的雙翅，如何精確驅使語言、掌控詩想，就能如何在詩的天空飛翔。這是所有詩人，當然也是新世代詩人都得面對的課題。在現代主義和寫實主義（或者古典主義、浪漫主義）、後現代和後殖民之間或之外，新世代未來如何開展新世紀的新美學，自然也令人期待。

最後，要感謝與我一起編選《新世紀新世代詩選》的蕭蕭、白靈、陳義芝與焦桐等諸位兄長。我們在卸下二魚版《年度詩選》編委重責之後，依然每年一聚，共商如何為現代詩壇做些事情，二〇二〇年《新世紀二十年詩選》的推出，與這部《新世紀新世代詩選》的續出，就是在我們共同商議入選名單、分工撰寫評析之下完成。我們五人都屬戰後世代，出發於一九七〇年代，當時也被稱為「新世代」，在將近半世紀之後，勉力用心，為新世紀上場的新世代編纂詩選，既有樂見新浪襲來的喜悅，也有殷盼臺灣新詩長河浩浩湯湯的期許。

願以這部《新世紀新世代詩選》，向選入的五十二家詩人致敬！也希望這部由舊世紀的「新世代」用心精編的詩選，能夠引導讀者進入新世紀新世代詩人的創作世界，瞭望他們用詩作開創的、較諸前一個世紀更加寬闊的新版圖。

二〇二二、清明時節・暖暖

何亭慧（一九八〇——）

產房手記

一種半倒立的姿勢
雙腳
套進不鏽鋼環
若是兩手撐地
就可以像體操選手
翻身彈起　接受掌聲
但畫面凝結在
完美落地的
前一秒

持續了數小時。
疼痛，疼痛，痛

自身體底層痙攣
裂開地表

「先別用力」教練們聳聳肩。
我尖叫——
岩漿蓄勢待發
指揮官下令：「現在！」
一枚魚雷射出
（為什麼不像按一個鈕那麼簡單？）
炸開響亮的哭喊

歡慶的樂聲
他們撫弄　擦拭
把額頭印著血跡的嬰孩
別在我的左胸
他吸吮一顆鬆弛的汗珠

赤裸的孩子啊

我苦難與喜樂的勳章
正如當年亞當
睜開疑惑而惺忪的雙眼
不明白宇宙
因最大的神蹟而震驚

・詩名襲自美國詩人Linda Pastan〈Notes from the Delivery Room〉一詩。

二〇一五年第三十八屆時報文學獎新詩首獎作品

選自《在家》（時報，二〇二一）

夜遊

痛醒時
胸口溼了一片
乳腥味

夜沁涼
我的兩乳腫脹滾燙

汨汨的奶水從夢的邊緣擠出
等你醒了熱著喝
剩下的冰凍
在你漸漸孤獨的日子裡一一拆封
加溫

我來回穿梭水槽
冰箱　紫外線消毒鍋
意識的走廊
窗外的黑暗淡了
也有鳥輕輕叫著
丈夫仍熟睡
我在夢的外頭
獨自遊走

像從前寫詩時那樣

二〇一五年第三十八屆時報文學獎新詩首獎作品
選自《在家》（時報，二〇二一）

晨歌

朝露的氣息，這是地球
半夢半醒的呼吸，這是
母親。
整個晚上守護著你的鼻息
像泌乳的月亮

你眼睛的深井，尚未裝進淚珠
——仍在上帝珍藏的皮袋裡
世界
一片渾沌

用摟抱與親吻，分開晝與夜
不曾踏過泥濘，半透明腳掌
輕輕踩著空中的土地
指甲柔軟——掌窩裡緊擁的白羽毛
不需抓取食物，情誼，甚或
時間。

晨起，歷經小死亡的行星展開新生
你甦醒：微暗，微亮。
嘴，單單尋找母親
時起時歇的哭聲中，語言揮舞它的手勢

血液在你皮膚下流動
生之花在你臉上綻放

• 詩名襲自美國詩人Sylvia Plath〈Morning Song〉一詩。

自己的廚房 I

——致吳爾芙

孩子生了兩個
沒什麼錢

沒有
自己的房間或
男僕（頭上頂著銀盤）

但有
洗衣機洗碗機吸塵器
一臺筆電

二〇一五年第三十八屆時報文學獎新詩首獎作品
選自《在家》（時報，二〇二一）

甚至咖啡機
丈夫睡著後
我在餐桌上寫詩
（詩的發展永遠鮮嫩）

打開冰箱
一一解凍白日零碎的思想
融煮風味
只要充滿熱情與
了解

自許每日晚餐
促進理性
交會（就算窮酸梅子加牛肉）
順著手勢
燃亮鍋底的碎渣

閱讀食物
其他則須品嚐
信手拈來香料和鹽粒
撒在盤子上

吳爾芙我的朋友
妳坐在書桌前太久了
來碗麵暖胃吧
這本
是我母親的故事

•維吉尼亞．吳爾芙（Virginia Woolf，一八八二—一九四一），英國作家，名著《自己的房間》指出女性想寫作，必須有錢和自己的房間。

選自《在家》（時報，二〇二一）

自己的廚房II

——致珍．奧斯汀

沒有門的廚房
誰來了都不會嘎嘎作響

角落的筆電
偶爾在餐桌上打開
一鍋湯噗噗滾著
各式賽車在旁奔馳

兒子的造句作業：
「有空——媽媽有空的時候就會寫ㄕ。」
親愛的珍，為了老師打的紅色問號
妳一定會樂不可支

不會刺繡
也幾乎不寫信
我在廚房煮飯、做麵包
天生就不是女主角

挑挑眉毛
對往來的紳士淑女與小孩
流露寬容的微笑
和丈夫討論小說
答應早點睡

幾乎像妳一樣幸福

• 珍．奧斯汀（**Jane Austen**，一七七五－一八一七），英國小說家。她沒有自己的房間，因此她要求起居室的門軸不上油，有人進出時她才能及時用吸墨紙將手稿蓋住。

選自《在家》（時報，二〇二一）

詩人

何亭慧（一九八〇—），生於中壢。家庭主婦。著有詩集《形狀與音樂的抽屜》（麥田，二〇〇五）、《卡布納之灰》（唐山，二〇〇八）、《在家》（時報，二〇二一）。詩作曾獲時報文學獎首獎、林榮三文學獎二獎、葉紅詩獎首獎等。

詩觀

思想大於修辭，佳篇大於佳句。簡潔不簡單，精巧不取巧。各種實驗性的詩作有它的妙趣，但我不會也不能寫，我喜歡的詩讀起來心裡有音樂，眼底有畫面，嘴角被牽動，與生命經驗相連，良久不能自己。因此也想寫這樣的詩。

詩評

何亭慧的詩，意象很有畫面感，準確而生動，如〈產房手記〉描寫臨盆「岩漿蓄勢待發」，到生下來「我苦難與喜樂的勳章」。詩的意象，有一定的思想內容和審美意義，是一幅幅生動具體的圖畫，她擅長使用具體事物，使用形象語言。

結婚育子後，她的詩風有些轉變，增添了不少童趣和活潑，生活感濃厚，諸如〈自己的廚房I——致吳爾芙〉開頭三段：「孩子生了兩個／沒什麼錢／／沒有／自己的房間或／男僕（頭上頂著銀盤）／／但有／洗衣機洗碗機吸塵器／一臺筆電」。又如〈夜遊〉說話者對襁褓中的嬰孩說：「汨汨的奶水從夢的邊緣擠出／等你醒了熱著喝／剩下的冰凍／在你漸漸孤獨的日子裡一一拆封／加溫」，溫柔，疼惜，帶著母性永恆的關愛。〈自己的廚房II——致珍．奧斯汀〉：「角落的筆電／偶爾在餐桌上打開／一鍋湯噗噗滾著」……

綜觀何亭慧的藝術，重視謀篇甚於謀句，率以輕鬆自然的修辭策略經營意境。此外，深諳意象是一種心靈的景像，每一個意象都有其任務，所有的意象都能往一定的方向發展，展現出總體效果，展現其組織架構能力。（焦桐）

葉覓覓（一九八〇——）

她像湖＼他像虎

他的臉是抹布＼她的頭皮是鼓
他庸俗＼她糊塗
他專門織布＼她負責說不
他鎖門＼她作文
她說虔＼他說牆
他上船＼她上床
他的旁觀很涼＼她的膀胱很苦
他姓胡＼她姓盧
她叔叔的玉蜀黍無數＼他的姑姑照顧金針菇
他孤獨＼她虛無
他家的壁虎太跋扈＼她
她的羅曼史寫到第五部＼他

他有一口井／她有兩面鏡
他要死／她要鑰匙
她開鎖／他沒死
他繼續／她積蓄
她打算買一座廢墟／他想換一件衣服
他被驅逐／她被祛除
他說馬的／她說馬的眼睛真夠土
她說你娘咧／他說你娘咧嘴又打呼
她招來霧／他感到荒蕪
他練習新舞步／她熱愛走路
她像湖／他像虎

原載二〇〇三年《聯合文學》雜誌第二二八期
選自《漆黑》（唐山，二〇〇四）

他度日她的如年

他聞起來就像一瓶沙士
她畫餅他的充飢他度日她的如年
他是寂寞的複數
她的門閂是酸
富庶的相反是他
（他們會不會幫她蓋一座九層塔？）
她頭髮他的胸膛他晴朗她的情郎
有一天大家都會變做土壤
他海過一艘船
她山過一個夜晚
星期三喜歡下雨
他們被雨織成神仙魚
眼睛被拆成謎語
然而他躲在她的鐵皮裡

靠著時間的椅背
慢慢發明一種敲打

他越是太陽她越是月亮

選自《越車越遠》（田園城市，二〇一〇、二〇一五）

越車越遠

她蒐集各色空瓶，醃泡不同年份的黃瓜。按時用星期七的碎沫澆花。家裡有牛，有男人和硯臺一枚。常常在院子裡打斜線。有時不小心跨過一些貓臉。爆炸也無所謂，就算鍋子裡有狗吠。喜歡寫蟲卵般的字，一粒一粒地寫。肚子裡養了一碟嬰兒屑，像玻璃彈珠那麼豔。

有一天，他們給她拉來一條鐵軌，教她在頭頂噴煙。

於是她就車起來了。對著鐵軌，對著屋簷。

我很精密。我很淘氣。我是地心引力。

她唱。

如何不被疲累？

誰在誰的邊界？
她唱。

車過窗下的時候，她的男人在窗裡望她。
手裡握著一節交流電。
他垂著臉，像是貨櫃裡的老肉桂。
她的牛在窗裡望她。她的硯臺在窗裡望她。
牠們困惑極了，不斷從眼睛擠出墨汁與奶，
滴滴答答。

寂寞比水甜一點。
魚比海還酥綿。
從此，我就要去荒原荒原。
她唱。

她越車越遠。

選自《越車越遠》（田園城市，二〇一〇、二〇一五）

發生過的就會繼續發生過

對＼是發生過＼是這樣子沒有錯＼過去的我有過去的手＼過去的手誤解過去的鎖
＼過去的鎖像一隻黑白小陀螺＼原地打滾等待發落＼不斷縮回的是過去的手

沿著死生的節奏＼我們都還會留下更多古董＼更多均衡的坑洞＼廢墟＼哀愁＼與
更多馴良的蜜蜂＼對＼那些＼這些都發生過＼豔麗的很快就會變醜發臭＼對

你還記得幾則繁複的迷夢＼？

對＼就是那裡＼燈色暗紅＼雨水雄厚＼她的吻從你的腹肌溜過＼對＼我們都來自
子宮＼對＼不住皇宮＼對＼有人潛好深的水＼對＼有人攀上高峰＼對＼有人辦公
有人冬烘＼對＼有人被動＼有人打零工

可是＼一臺電視如何讓一百個頻道同時放送＼？
可是＼一個人如何度過春夏秋冬春夏秋冬＼？

是不是╲每一雙球鞋都有它們奔跑的理由╲？

他╲在黑暗裡校正顏色╲一些細微的聲音炸彈起來╲對╲他想起一個名字╲石頭般的名字╲不對╲是雞卵般的名字╲不對╲鹽粒般的名字╲不對╲海浪般的名字╲不對╲是齒隙般的名字╲對╲一個他愛過的名字╲對╲不對╲對╲一個女孩的名字╲他們曾經一起踩過陰天的草原╲對╲是發生過

對╲那名字╲對他發生過
對╲過去對我們都發生過╲對
我們╲在記憶的頻道裡切換春夏秋冬
我們就是╲球鞋奔跑的理由

昨天的風是不是今天的風╲？
今天的你能否聽見明天的我╲？

每個人╲都是一座神祕的小宇宙╲沒有誰能夠被誰複製穿透╲她有她的沙漠╲你有你的白晝╲我擁有一滴頑強的墨╲對╲是發生過╲我們都被這樣發生過╲就像冰冷的插頭尋覓╲溫熱的電流╲發生過的就會繼續發生過

神經過許多憎惡過的曾經

我是鬆弛的虎皮而你是佈滿胎記的球體
從災荒逃走且無法擇偶的陰影
她把碎玻璃插進山腰裡
盲測你憂懼的酵母菌

每一件遁脫的外套都是暫停的人形
每一段擁擠的耳鳴都是宇宙的偵訊

層層跌跌的僧侶
不停往上增添的贈品
神經過許多憎惡過的曾經

選自《越車越遠》（田園城市，二〇一〇、二〇一五）

#真正痛苦的那些
#並不會以痛的形式呈現

入選二〇二一年臺北詩歌節詩選

詩人

葉覓覓（一九八〇——），嘉義人。東華大學中文系、創作與英語文學研究所畢業，芝加哥藝術學院電影創作藝術碩士。在詩歌的渠道裡接引影像的狂流；在薩滿的歌唱裡揮舞宇宙的衣袖。潛心探索靈魂與生滅，喜歡穿越各種邊界。育有詩集三本，《漆黑》（唐山，二〇〇四）、《越車越遠》（田園城市，二〇一〇、二〇一五）與《順順逆逆》（田園城市，二〇一五）。英譯詩選《他度日她的如年》，入圍二〇一四美國最佳翻譯書獎詩集類；荷譯詩選《我不知道你不知道我不知道》，像是冒號又像預告。

詩觀

詩可以很大也可以很小，可以是動詞也可以是被動詞，可以是冰鎮紅茶也可以是熱水瓶，任何一句話、一個神情，任何一個吵鬧的小孩、一座被黎明曬醒的湖泊，都可能含有百分之七十七點七的詩成分。換句話說，詩不必然是文字的，詩經常在我們的日常生活裡運作，你甚至可以形容某人的血液循環非常詩意或者某道料理的色澤簡直被詩液醃漬過。

詩評

葉覓覓的詩帶著強烈的前衛性格，遊戲性格，和現代感，甚具顛覆性格，往往脫逸日常生活的語法，從標題到內容都歡喜拆解成語及陳俗套語，重新賦予意義，如〈他度日她的如年〉等等。

遊戲性格包括形式的戲耍和聲音的戲耍，像戲耍韻腳，擅用腳韻，常以諧音字營造歧義性，及幽默效果。她樂此創作模式，似乎要求讀者積極參與斷裂卻充滿各種可能的文本創作。

諸如〈她像湖╲他像虎〉全詩押尾韻，以姑韻為主，穿插方韻和衣居韻。又如〈發生過的就會繼續發生過〉，通篇以反斜線布局，如此歡喜使用斜槓，不妨戲稱為「斜槓小姐」。斜線也好，反斜線也好，這種標點符號尤其常見於時下流行的論文、散文書寫慣性，使得戲耍又帶著戲仿（parody）任務。戲仿是一種不協調的模倣，為了製造幽默、滑稽的效果，詩人通過模倣對象的某些特徵，誇張，放大，變形等漫畫般的筆觸，一方面藉以取得趣味性，一方面又要保持微妙的平衡。

從形式與內容的線性發展來講，這些詩是傳統的。情感的表現卻出奇冷靜，加上炫麗詭奇的意象與比喻，打破內容與形式的籓籬，在在強調語言是一種不確定的媒材，是多種指涉的、物質的，擺盪在虛實之間，擺盪在詩、文之間，因而造成意義的不確定。（焦桐）

王姿雯（一九八〇──）

夏天充滿了小說，而秋天是詩

整個季節我們不斷地熱醒
一個夢攪和著下一個夢
破曉時聞到一股鹽巴味
卻已分不清是肉體或者
那片夢中的海

別讓那片海洋說話　她必須
沈默　必須釋放我們所需
所有高溫的語言

在逐漸沸騰的大氣裡
我們披著光關掉一盞接一盞的燈

『清醒不是絕對必要的』
我們微笑地對彼此說
於是每個夜潮水送來一個又一個故事
我們聽著並自己書寫
於是夏天充滿了小說
而最後未完成的　留到秋天
成為詩

二〇〇六年

選自《我會學著讓恐懼報數》（九歌，二〇一八）

入秋

九月，有隻認識的貓死了
我曾和她
說過幾回話

在摩托車坐墊上，她舔了舔手說
當藝術家，被希望控制
是件絕望的事

八月，想成為死者
在退溫的夜間馬路上
躺下聽履帶聲
歷史要開來了，歷史會將生活
輾成碎碎的
不曾年輕的你，陪我一起死
不曾年老的你，陪我一起活

即便日落在提早
來不及提前下車的人
逕直駛入黑暗
我會學著讓恐懼報數
在最空虛的一片土地
鑿一口深深的井

往井裡喊你
七月的名字

二〇一四年

選自《我會學著讓恐懼報數》（九歌，二〇一八）

失樂園

蘋果的切面裡
有許多待回答的問題
美的比例、二分法
甜度作為概念以及用香氣宣傳
意志的勝利

時代從未被我們拋棄
磨碎童話後，有悲哀如粉塵
堆積於大街

在誰也沒注意到之處
虛無向青年微笑
並開始向童年說謊

理想是位老者
他正在乾淨地老去
在投票決定的座位上深陷
我們所能想像的平整
都將一一被推翻

罪終被稀釋為日常
初衷只是一個時段
在光與影的強暴下
結論作為私生子誕生
他將切開蘋果
那切面令上帝畏懼

二〇一七年

選自《我會學著讓恐懼報數》（九歌，二〇一八）

偏安

我的國家住在五月
像住在一個流產的春天裡
熱氣一收縮，就有隱喻滑出
那株最盛大的樹叫苦楝
那些樹下的人正苦思新名
如何以短暫的花期，說服季風
承認蠻力所催生的
都是暴雨

讓我們在雨中成立新的部門
清點落花、鳥屍與殘根
鴿子避於牌樓，泥水沖向官府
還有什麼比死透的夏天
更漂亮

曾經破土並向雲接近，羽化
然後唱完一首倔強的歌
為了送給世界一個孤兒

如何從不存在到更不存在？
坦克進城總是要帶走孩子
母親們每年總是
更稀薄一些
每個痛苦都是原創的，但最終
都被掃成同一堆落葉
求救的聲響其實總是很輕巧
像一場大雪落於冬天之外

二〇一八年

選自《我會學著讓恐懼報數》（九歌，二〇一八）

詩人

王姿雯（一九八〇—），生於臺南。臺大外文系，英國華威大學英國碩士，曾任英文編輯。著有詩集《我會學著讓恐懼報數》（九歌，二〇一八）。詩作曾獲葉紅女性詩獎、臺北文學獎、林榮三文學獎、吳濁流文學獎、國藝會創作補助等。

詩觀

我常常這樣，活著活著，就一天天鼓了起來，像一顆不懂為何要膨脹的氣球，負氣地低空飄遊。好奇體內氣體究竟為何，我試著拿筆戳下去，出來的東西，有些很灰、有些很重，我再站遠一些，看看離開我的身體後，它們能不能，開始有一些形狀，有一些可辨識的美，然後像雲朵那樣，到我無法去的，更高的地方。

希望看到的人，得到一片有觸感的風景，心好像被輕輕輕輕，戳了一下。

詩評

王姿雯的詩作，擅長寫情，這與她喜歡普拉絲（Sylvia Plath）和楊牧的詩不無關連。詩人陳育虹曾讚許她的詩「充分掌握詩的留白、掩映之美」。第一本詩集《我會學著讓恐懼報數》，有諸多詩篇以節氣入詩，反襯她對愛情、生活或家國所感應的情思。

〈夏天充滿了小說，而秋天是詩〉是她早期的作品，以燠悶的夏日情境為脈絡，書寫奇幻的夢境，以及夢中的海的「高溫的語言」，隱喻世俗流言擾人清夢；而「我們披著光關掉一盞接一盞的燈」，則暗示面對虛構傳聞無需介意；末段回到我們的世界，有自己的故事可寫，寫不完的就留白，成為秋天的詩。這首詩呢喃細語，情境迷人。〈入秋〉也是具有季節暗示的詩，王姿雯以貓之死書寫對生命之短促、死亡之疾速的感慨，通過時序的倒敘與反溯（從九月到七月，從入秋到盛夏），深刻寫出對亡貓的追思，以及對遭到歷史和時間輾壓的亡魂的哀悼。

〈失樂園〉和〈偏安〉試圖處理比較嚴肅的議題，前者寫時代的悲哀和人類的墮落，後者寫當前臺灣面對的戰爭威脅和政治處境，呈現了她碰觸社會與家國議題的不安、恐懼，也展示了她想要突破早期詩作風格的創作企圖。（向陽）

曾琮琇（一九八一——）

陌生的地方

這裡是一個陌生的地方
清晨，我在巷口買的綜合飯團
三分鐘後滾進空蕩蕩的校園
桌和椅並不安穩
陌生的人在講臺前向國父答腔

飯團裡有四分之一顆滷蛋，海苔
火腿，肉鬆及過期的酸菜
我咬下一口極為堅硬的飯粒，這個地方就輕輕
撼動了起來

這個陌生的地方

窗子很高而且總是密閉
交秋的季節行鳥從屋頂飛過
樹枝上垂掛蒼白的樹葉和藤蔓
整個嘈雜的夏天只留下被消音的蟬殼嗎

你的語言裡有我不了解的單字
我寫著你看不懂的甲骨文，在這個
陌生的地方，我們陌生地以幸福交換
彼此的不幸福

不斷有沙礫飛來
我久眠的疼痛因焦慮而被喊醒
胃袋裡的飯團總是消化不易，在這個
陌生的陌生的地方，躁熱的青春
其實都有一點點微微的悲涼

原載二〇〇一年《聯合報・副刊》

離開

離開你　基於某些
世俗的理由
好比清風離開流雲
流雲離開天空

基於世俗而意味
深長的理由　你離開我
像是天空離開流雲
流雲離開清風

原載二〇〇六年《中國時報・人間副刊》

經事

漸漸從心底
死去的人
每隔一段時間就
再死一次

好比如期增生
的粘膜，好比粘膜自
內壁自行
剝落；漸漸
虛空的子宮
漸漸
由空虛
填滿

原載二〇一二年《吹鼓吹詩論壇》

催眠十四行

我喜歡書寫，尤其論文
喜歡文字在空白的Word檔開展幻化成繁星點點
自無至有從字到章由章成篇，我喜歡
條分縷析勝過無病的呻吟

我樂於論文書寫在每個末日隔天的清晨
喜愛那些關係詞將荒誕與現實接連：
然而，總的說來，不過，首先……
我亦愛好思索研究動機，步驟並研讀相關理論

我察考詩人的生平病痛愛悔詩觀交遊
解剖詩的內在結構音韻效果意象生成
血肉之外，賦予它們新的生命新的看法

噢，我熱愛寫論文的寂寞勝過不寫論文的荒謬
同時熱愛我貧乏的人生——
　除了論文，別無其他

原載二〇一三年《自由時報・自由副刊》

在東引

我走過中柳村的東引國民中小學
那裡是小劉梅玉自北澳翻過
山頭，讀書、識字、跳房子的地方
便利商店在隔壁
的隔壁，結賬的隊伍裡
也有許多身著軍裝的兵卒
他們都有一張
多霧的臉

九月的下午走過我。早秋的陽光

為錯落的花崗石牆貼上金箔
我沿著長萼瞿麥蜿蜒
而上，不遠處的澳口
是漁船還是軍艦？
漸漸駛離我
視線的航道
一隻黑斑貓在屋頂上睡著了
一個旅人從牠身旁走過

我推開一扇虛掩的木門
這座石屋與它的主人
似乎經歷等量的風霜
我問：「東湧燈塔怎麼走？」
汝從何處來啊他回問
或許是風的緣故
我們的手指比畫著
相同的遠方

我抵達東湧燈塔
走上去，拍照，打卡
然後從烈女義坑
走回來。再過去
聽說是火葬場

原載二〇一五年《自由時報‧自由副刊》

模擬十四行

豢養於動物園裡的那隻
斑馬，用明喻
模擬我
內在的滄桑

黑白相間的斑紋失去澤光
牠甩動尾巴，沒有半點塵埃揚起。牧草已嚼爛再
嚼爛（欄柵外，一頭獅子用舌頭梳理自己的毛髮）

凝視遠方。遠方，是不是那片
未曾奔跑過亦未跌倒過的空闊的草原？
牠的眼睛有我沉默的倒影

終於牠累了。適時
回到黑暗裡
背對我
把我留下

二〇一六年教育部文藝創作獎詩詞組佳作作品

詩人

曾琮琇（一九八一—），生於新竹。清華大學中國文學系博士班畢業，現服務於臺北大學中國文學系。著有詩集《陌生地》（桂冠，二〇〇三）、詩論《臺灣當代遊戲詩論》。曾獲時報文學獎、青年詩人獎、教育部文藝創作獎、全國學生文學獎、鳳凰樹文學獎等。

詩觀

我們把我們交付給詩的

有一天
詩會用相同的方式回應我們

詩評

一般藝術的源頭一直都有「工作論」、「遊戲說」兩種，寫實主義的作家，內心充滿使命感的人，傾向於工作論的調性；想像力豐富，不喜歡受體制拘限，功利心不重者，可能會接納：詩也不過是一種語言遊戲的論述。曾琮琇曾使用過「蟲嗅」的筆名，出版過《臺灣當代遊戲詩論》，顯然是希臘人以「閒」和「遊戲」作為藝術起源的服膺者。

〈陌生的地方〉是曾琮琇目前唯一的詩集《陌生地》的代表作，更年輕的時代的作品，「彷佛看到一雙閃躲逃匿的眼睛在陌生的人群裡張望」，這是年輕心靈的惶惑，特殊的是以（隱藏的）聲音去寫那種不安：「整個嘈雜的夏天只留下被消音的蟬殼嗎」，顯現觀察與思考的細膩。〈離開〉與〈經事〉，則是傳統女性、女事的書寫加上戲謔的心態，有著屬於曾琮琇的特殊風格。此外的兩首十四行，〈催眠十四行〉的自我調侃，〈模擬十四行〉的人與斑馬的相互隱喻，都是她以詩寫論的另一種詩觀的趣味展現。

〈在東引〉是現實生活的記述，卻也能輕鬆帶出馬祖的特殊情味。一詩、一論的產品，簡易而明顯的特徵，遊戲的心境且快樂的等待，曾琮琇創作數量更多的年齡層，似乎尚未到來。（蕭蕭）

沙力浪（一九八一——）

從分手的那一刻起～南十字星下的南島語

分手

那一刻
只剩mata[1]的淚水
握著石錛的ima[2]
殘留的溫度

在你的眼裡　是一座大陸漂移的島
在我的手裡　是一座海上雕琢堆砌而成的山

1 mata：布農語，眼睛。也是南島語的同源詞。
2 ima：布農語，手。也是南島語的同源詞。

你帶著獨創的*bet’ay[3]
坐上*paraqu[4]
*qan’ud[5]隨波漂流　　遠去

從那一刻起
各自分居
海洋、高山
展開不一樣的旅程

遠離的你
說要找尋屬於自己的島
採走金黃色的稻穗
一粒一粒的
放進紅色色衣陶
裝進南十字星的lumbung[6]
形成同源的詞彙

搖晃的獨木舟
裝上堅毅的舷外支架
帶走碧綠的豐田玉
划向湛藍的島嶼
在銀河中浪跡天涯

下錨之處Te Punga[7]
是南十字星建造的港灣
夢想上岸的新樂園

---

3 *bet'ay：擬測古南島語，船槳。
4 *paraq：擬測古南島語，船。
5 *qan'ud：擬測古南島語，隨波漂流。
6 lumbung：爪哇人稱南十字星為lumbung（糧倉），因為這個星座的形狀像農做小屋。
7 Te Punga：毛利語，南十字星，他被認為是獨木舟（意指銀河）下錨之處，指標就是錨索。

駐留的我

沿著ludun[8]
走出詞綴的路
tun-lundun-av（向山上走吧）
tun-ludun（走到高山）
na-tun-ludun ata（咱們既將往山上啟程）
tuna ludun（抵達山頂）
muhai ludun（漫山越嶺）
muhai ludun-in（翻越山嶺了）
山巒般交疊纏繞
繞向山頂

順著山谷吹來的氣音
俯瞰著　遠走的航跡
仰望著　牽引你的那一顆星

同受苦難

以日月星辰辨別
以風、洋流為導引
走向高峻陡峭的山嶺
航行大風大浪

星條、十二道光芒、太陽的利刃下
發出比基尼的爆破音
在五顆十字星幟上切割
外來的你好、Bonjour、こんにちは
心緒如晃動不定的旗幟

乘著殖民浪頭的「發現號」
駛進了大鐵船的崇拜

8 ludun：布農語，山。

離去時，從勇士的口中搶走神聖的tabu[9]
帶走了無法言說的禁忌語

凝視

千年的移動、千里的距離、千種的語言
灑落在萬座島嶼上

憂鬱、落寞的摩艾Moai[10]
可否將mata望向北方
牽起散落在島嶼的ima
凝視語言裡流動的音節

重新建造邊架艇
將逝去的榮耀，微弱的語音
順著星光　再次追尋
乘著風勢　再次破浪前進
說出南風之島的輕重音

我在圖書館找一本酒

我在圖書館
找一本
適合喝的酒

走到異國風味烈酒區
展示著
《巴達維亞城日記》、《熱蘭遮城日誌》

隨手翻閱
一本標示著：《東方主義》
「釀於西元一九九九年
成份：『他者』、『建構』、『文化霸權』

---

9 tabu：英語的外來語，借自太平洋小島原住民語語ta-bu，神聖之意。

10 Moai：摩艾石像（又譯復活節島人像、摩阿儀、摩埃石像、毛埃石像）位於復活節島。

　『殖民主義』、『帝國主義』
濃度：55％。
酒香：具有『一頭大型野獸』的獨特風味
屬性：蒸餾酒
出產地：美國」

我在歷史名酒展示區中
陳列著
〈東番記〉、《臺東州采訪冊》、《番社采風圖》

拿起角落的
一本標示著：《裨海紀遊》
「釀於十七世紀
成份：『竹枝詞』、『硫磺』、『漢俗』、『番俗』
濃度：40％
口味：飲入喉後隨之而來的香純飽滿，餘韻散發出的芬芳、荒誕、神祕、奇詭的
酒息，讓人置身山林，展開一趟原始異境文化且豐富奇幻的冒險旅程。」

各式各樣的酒類
卻找不找一本
「成份：『射耳祭』、『祭典』
　『點酒』、『敬拜』」

無法標示出酒精濃度
具有『流連忘返在霧中』的香味
用族人的感覺
釀製而成
的《小米酒》

圖書館工讀生
輕輕地說著：
「要去部落分館找喔！」

遷村同意書

本人＿＿＿因為在山上種植地瓜、玉米、高麗菜、文化、習俗，利用竹子蓋工寮，佔用了林務局的土地，阻礙了BOT的建設，破壞了旅人尋找桃花源的夢，造成土石流，破壞國土等重大事故，願意放棄祖先種的橘子、小米園、香蕉、記憶、傳說、儀式；放棄經過千年與山、河、樹、風，鍾鍊、凝聚出的對話；永久喪失重返祖居地的權力，將「家園」完全交給國家，降限使用，以保障財團完成美麗的「私樂園」。

遷居地：1. □中南美洲
2. □不永久的「永久屋」
3. □「把你當人看」的都會區
4. □其他（平地不是我的森林）

立書人（戶長）：
戶籍地址：＿＿
現居住所：□同戶籍

□暫住——收容中心

註：記錄莫拉克風災，遷村事件。用公文體例寫作的詩，表達原住民在面對國家機制的無奈與抗議。探討傳統領域流失的土地正義議題，詩如何成為族群的口，傾訴著這塊土地的哀愁，族人對於文化認同的渴望及無能為力。

詩人

沙力浪・達岌斯菲萊藍Salizan Takisvilainan（一九八一—），漢名趙聰義。花蓮卓溪鄉中平nakahila部落人，布農族的詩人作家。元智大學中文系，東華大學民族發展所畢業。曾在卓溪國小擔任民族教育支援教師，成立「一串小米族語獨立出版工作室」，從事獨立族語出版，同時也在傳統領域做高山嚮導、高山協作。

曾獲原住民族文學獎、花蓮縣文學獎、後山文學獎、教育部族語文學獎、臺灣文學獎等。著有詩集《笛娜的話》（花蓮縣文化局，二〇一〇）、《部落的燈火》（山海文化，二〇一三），詩、散文合集《祖居地・部落・人》及報導文學集《用頭帶背起一座座山：嚮導揹工與巡山員的故事》等。

詩觀

西元二〇〇〇年，我以〈笛娜的話〉一詩獲原住民族文學獎，從此浪漫認真的作起了「文學夢」，逐步編織「對這塊土地的熱愛、對部落的文學想像、對族人的一份關懷」，積極的將詩創作視為一種實際路線，一路上，默默的寫出布農族的歷史、神話。

透過詩的實踐承載、連結家鄉、土地、山林的過往與現在，詩真正扣人心弦的是我對族群歷史認知的渴望以及我對族群文化所散發出的那種深沉、簡單的愛。這份愛，看似虛無縹緲，如同瀰漫在這山林中的層層雲霧，但卻真實質樸，也是我文字裡的靈魂。

詩的書寫，是生活實踐的一個面向，是部落文化脈絡的一環，我的心底，一種文化尋根的激情，使回家意象普遍出現在原住民作家的詩文中，回家可能是一種意願，也可能是身體力行的實踐。

詩評

沙力浪（Salizan Takisvilainan）是一個令人期待的布農族詩人，他的詩深刻寫出對族語流失的憂心，和母語遭到壓抑的痛苦，並且具體反映在他的第一本詩集《笛娜的話》中。

一如沙力浪自述的詩觀：詩是他「對這塊土地的熱愛、對部落的文學想像、對族人的一份關懷」所說，他的詩既是創作，也是實踐。沙力浪的詩直扣布農族的歷史、神話與文化，連結了部落、土地與山林；但他還不只寫布農族，他的詩也為當代臺灣原住民的處境發聲，二〇一六年榮獲臺灣文學獎創作類原住民新詩金典獎的得獎作品〈從分手的那一刻起～南十字星下的南島語〉就是一篇史詩力道十足的力作。

〈從分手的那一刻起～南十字星下的南島語〉，追溯南島語族的歷史榮光，透過南語系的同源語（如mata：眼睛；ima：手），以及擬測的古南島語（如paraq：船；qan'ud：隨波漂流），再現五千多年前島南語族發源地臺灣的壯偉，最後寄期望於臺灣原住民族「重新建造邊架艇／將逝去的榮耀，微弱的語音／順著星光　再次追尋／乘著風勢　再次破浪前進／說出南風之島的輕重音」的明日。

〈我在圖書館找一本酒〉是批判性強烈的詩作，他將酒與圖書館連結，比喻原住民族真實歷史與現存文獻之間高度的落差，凸顯了原住民族在殖民帝國（荷蘭、漢人）文本中的「不在」與「他者」處境，手法獨特，技巧高超，展現了後殖民詩作的高度；〈遷村同意書〉則以巧設的公文書形式，諷喻莫拉克風災後的遷村過程，表達原住民面對國家機器強作為的無奈與抗議，發人省思。（向陽）

夏夏（一九八一——）

敵人

傷害我的人
戴著我的面具
穿著我的衣服
在隔壁
過著我的人生

選自《德布希小姐》（時報，二〇一八）

長途車

搖搖晃晃　搖搖晃晃
列車途經荒原和平壤

山一般的冷冽與炙熱
駛過日月不止息的風光

列車長說媽媽太佔空間
我們趕緊補買車票
還辯解說她不吵不鬧
又向其他的乘客鞠躬道歉

轟隆轟隆　轟隆轟隆
駛進黑漆漆的山洞
出來後　媽媽似乎變小
我們把她疊起來放到置物架上
跟其他的行李擠在一起
她隔著架子望著窗外
快到家了　我說

其實我不知道哪一站該下車
外邊的街道似曾相識

細瘦的房子彷彿是她童年的家
是這裡嗎
媽媽不說話

搖搖晃晃　轟隆轟隆
餓了就剝橘子吃
媽媽變得像橘子一樣小
我把她剝開　也吃了
吐出更小的籽握在手裡
可是車子還沒停
還沒停穩　不能下葬

・二〇一五年十月，臺鐵列車車廂跑馬燈誤植錯字，「列車未停穩請勿下葬」引起網友討論。

選自《德布希小姐》（時報，二〇一八）

成為叛徒

越來越早醒來
對黎明寄予無限期待：
就算有人陪伴
寧可獨自跋涉
走得更遠更遼闊
丟掉地圖
去到陌生的爐邊
安然歇息

不在乎無話可說
在四周鋪下沉默的厚墊
讓風暴躡手躡腳經過
甚至刻意獵捕
馴養風暴

更加斤斤計較能否真實傳遞
在從前流連之處斷然拒絕
卻敞開門迎接未知
結交恐懼為益友
且從容置身險境

生命會變成什麼樣子呢？
經歷了無數次復活的儀式
習慣枕著末日入睡
習慣沒有驚喜
習慣創造
成為人們口中的叛徒

選自《德布希小姐》（時報，二〇一八）

長眠

太陽不會永遠照在你那一邊
海浪不會永遠打在你那一側
烏鴉飛來
烏鴉飛走
顛簸的船身
重重撞擊

浪碎了
雲散了
太陽蹓躂到另一頭去
山的臉挨過來
真假參半

新的一天不是全新的

新的夢想有舊的遺憾
沒有同一滴水降在同一處
於是任何一滴水都是同一滴

搖晃的船的海
等候是靜止
移動是錯覺
從來沒有足夠明白
沒有足夠快樂與哀傷
死得不夠徹底　活得不夠痛快
智慧不足　愚笨不足

新生命群起嘎嘎分食
死去的組織凝結成礦

選自《德布希小姐》（時報，二〇一八）

苦難

「別人的」

晚餐時間
從外頭飄來陣陣焦香
是鄰居在煎魚嗎？
別人的苦難
總讓我飢腸轆轆

「自身的」

趁著四下無人
把緊握在口袋裡的荊棘種籽
撒給野地的鳥
命牠們帶去異地種下

讓陌生人去採收

「至於苦難」

苦難也有自己的影子
也是灰的
有些是黑的
在地上

所以不管是誰都喜好夜晚
晚上沒有影子

原載二〇二〇年八月九日《自由時報・副刊》

詩人

夏夏（一九八一－），著有詩集《德布希小姐》（時報，二〇一八）、《小女兒》（行人，二〇一二）、《鬧彆扭》（黑眼睛文化，二〇〇七）及編選《沉舟記——消逝的字典》、《一五一時》、《氣味詩》等詩選集。小說《末日前的啤酒》、《狗說》、《煮海》、《一千年動物園》。散文集《傍晚五點十五分》、《小物會》。繪本童詩集《有禮貌的鬼》。

詩觀

從前認為好的詩應該如同神蹟，把一杯平凡的水變成美酒。如今卻更想練就使酒變成白開水的能力。

詩評

夏夏是全方位的行動派詩人，她以「玩詩」起家，從詩到散文到小說到戲劇，無所不玩。未寫先玩，是從孩童赤真的本能出發的，二〇〇五年發行轉蛋詩、火柴詩雙月刊，且玩版畫和印章，並把這樣的本領用進二〇〇七年開始寫的第一本詩集《鬧彆扭》，手工刻製六〇八字，「玩出」十九首詩，還將此「活字版印刷術」玩進詩歌節及副刊。此後她出版的每本詩集乃至主編《沉舟記——消逝的字典》等，總能別出心裁玩出新穎的「詩樣」，從內容到形式，都要不驚人「詩不休」。詩的活力和可能性，到了夏夏可說渾身解數地展現無遺。

比起她最早的詩，已從「語驚」來到了「語淡」，對人生人性、世事煙塵有了更深層的探究和思索，到了可令人讀完掩卷三思的境地。比如〈苦難〉從未離開地球，從別人的到自身的都希望禍不及於己、能避則避，但當她說「苦難也有自己的影子」「不管是誰都喜好夜晚／晚上沒有影子」時，說的是苦難其實無所不在、影響可能及於二三代人，事不關已的態度則是駝鳥心態。〈長途車〉由臺鐵列車車廂跑馬燈誤植「列車未停穩請勿下葬」一句而起興，列車像母親送葬的過程，下葬前：「媽媽變得像橘子一樣小／我把她剝開　也吃了／吐出更小的籽握在手裡」，母親的精神縮小成橘籽，隨時可復生，將對母親的思念寫得溫婉而動人。〈敵人〉離你之近之像之可怖宛如就在身旁，五行即速寫了官能症者或精神受重創者的不安和無助。〈成為叛徒〉寫自我對離偽寧獨、追索本真的認知，「斤斤計較能否真實傳遞」、斷然拒絕流連、迎接未知，「結交恐懼為益友／且從容置身險境」、「習慣枕著末日入睡／習慣沒有驚喜／習慣創造」，而這是走一條少人走的路的必然選擇，雖然說的比做的容易，卻至少有「立此為証」的自律要求。〈長眠〉與上詩相反，常常「死得不夠徹底　活得不夠痛快」「智慧不足　愚笨不足」，夏夏通過她的詩反覆對人性的缺漏和好逸惡勞做了鞭笞似的省思。（白靈）

陳允元（一九八一——）

再也沒有人需要遠行

再也沒有人需要遠行
在長假將盡
太陽
最燦爛的時候

彷彿回到工業革命前
的時空概念：一匹馬
所能行進的距離
便是一座都市；便是我們
能相遇的半徑

且讓我們近距離地

肉搏
與
相愛：

咬，就能夠滲出血來；
擁抱，就會覺得溫暖。

至於那些漫長
而百無聊賴的人生——啊
……都是幸福的奢侈。

長假將盡
若再也沒有人
需要遠行

二〇〇八年五月一日

選自《孔雀獸：陳允元詩集》（行人，二〇一一）

始祖鳥

「人們是坐在速度的上面的。」
——劉吶鷗*〈風景〉《都市風景線》，一九三〇

牠們不斷奔跑
並在速度中
將重量
滯留在萬古以來的洪荒
牠們還不知道，自己
將演化為一全新的物種

霓虹沿街衢燃燒；全世界
年輕的世界主義者聯合起來
在都市中舉杯：
「為了藝術

……為了革命。」
血液沿夜色燃燒
啊，一種阿非利加式的節奏
踏地平線而來

嘿！巨大的足印
碰撞著；嘿！巨大的利齒
咆哮著；嗬——巨大的骨板
架住對方脖子；嘿！巨大的眼廓
深邃的流沙；躁動的蜃氣
血色的太陽，
藍色的眼睛……

時代的重量
被拋擲在漆黑的牆上
藍色的眼睛清醒如一港口
在黑暗中
不斷地向外張望：

「……那重量
並沒有被忘卻」
一名活躍的世界主義者如是宣稱。
但他態度曖昧，詞語閃爍如星
一如他
容或複選的身世

當光提防著光
黑暗猜忌黑暗，便有色彩
相交於都市蒸騰的光暈
終形成一種
略具浮力的氣流，在速度線上；
一九三〇，
肉眼已不合時宜。
在黑市，那名手持攝影機的男人
摘下一顆眼珠
與惡魔會晤；
精神與肉體雙重裂變，那男人

展開雙臂
乘速度
演化出飛行……

飛行是一種前衛；正如演化
所意味的，是一種再也回不去的情境：
霓虹沿街衢燃燒，鳥之始祖
在空無的星座中降生……
哦！機械之眼
讓時間不再遺憾；哦！惡魔之眼
一種舶來品式的性慾；鳥瞰之眼
讓牠體認
自己確已是一全新物種
在這萬古的洪荒
都市的
風景線……
披上飛羽

準備引領一種
色彩斑斕的時髦！

・劉吶鷗（一九〇五—一九四〇），臺南柳營望族。三〇年代上海「新感覺派」重要旗手。臺南長老教會中學校就讀兩年轉日本青山學院；一九二六年入上海震旦大學法文特別班，結識戴望舒、施蟄存等人。一九二八、二九年先後開設「第一線書店」、「水沫書店」引介日本新感覺派、社會主義文藝作品。一九三二年轉入電影界。一九四〇年遇刺身亡，死因眾說紛紜。

二〇〇八年五月二十六日

原載二〇〇八年《創世紀》第一五八期
選自《孔雀獸：陳允元詩集》（行人，二〇一一）

所有令人挫敗的雨

I

所有令人挫敗的雨
噩夢一樣
積在天上

像清晨的橫樑
把陰影
架設在頸部以上

因而產生一種
將死的暈眩：
漆黑的甬道

時間是魚
沒有表情

II

將魚拓在四壁
讓壁虎攀附
去背叛假日

部分徵兆
已在預感中流產
而我仍猶疑，如港
在不遠的陸地觀望

III

四壁相望
所有令人挫敗的雨
都被棄置在外：這是一個

拒絕再失望的房間
四壁相望，我別過頭
拒絕看窗

IV

但我仍猶疑：港的籍貫
是陸地或海洋？
魚在混濁的浪中暈眩
沒有表情

V

如何能在伸手之前
先抓住自己的手？

VI

把窗簾拉上
燈，也一併關上
讓室內漆黑
光肇生於外

把一對孿生的眼睛拆散
分別嵌進
正對的兩面牆

讓他們驚訝
讓他們死

VII

「讓我們
最低限度地相互需要」

VIII

光肇生於外。窗
是一面無法投影的布幕
噩夢般
有著空白的瞳孔

雨即將漲潮
而時間是魚
沒有表情

二〇〇八年六月十八日
原載二〇〇八年《幼獅文藝》六六〇期
選自《孔雀獸：陳允元詩集》（行人，二〇一一）

家庭聚餐

媽已在冷凍櫃裡了

前晚吃剩的花枝炒白花椰菜
還在冰箱

打開車門　穿過地下道回家
把冷冷的瓷盤
推進微波

連同前晚　她蓋上的那張
保鮮膜

三人合作
用粗疏的手勢打蛋
煎魚　炒菜

添飯　媽已用過晚餐了
仍擺上她的碗筷
從廚房端來

熱騰騰
媽親手做的花枝炒白花椰菜

二〇二〇年八月七日

原載二〇二〇年《吹鼓吹詩論壇》四十三號

詩人

陳允元（一九八一—），生於臺南。國立政治大學臺灣文學研究所博士，國立臺北教育大學臺灣文化研究所助理教授。主要研究領域為日治時期臺灣文學、臺灣現代詩、戰前東亞現代主義文學。著有詩集《孔雀獸》（行人，二〇一一），並有合著《百年降生：一九〇〇—二〇〇〇臺灣文學故事》、《看得見的記憶：二十二部電影裡的百年臺灣電影史》，合編《日曜日式散步者：風車詩社及其時代》、《文豪曾經來過：佐藤春夫與百年前的臺灣》、《共時的星叢：風車詩社與新精神的跨界域流動》。曾獲優秀青年詩人獎、林榮三文學獎散文首獎、臺北國際書展編輯大獎、金鼎獎等。

詩觀

詩人是暴露狂，但多半傲嬌。詩人說：才沒有要給你看呢。卻又留下詩句，作為邀請。詩是由言語符號構成的迷宮。難以一眼望穿，必須徒步前行。它的規模與秩序，最初由詩人設下，卻必須與讀者合力完成。它是詩人的心。卻也存在著詩人未曾走過的密徑。詩人喜歡故作冷漠。或故佈疑陣，顧左右而言他。如果這樣你都能懂，他會暗爽很久。詩人不是不真誠。只是可以步行抵達的，他要帶你飛。

詩評

陳允元的詩常予人一種斷裂感，如〈所有令人挫敗的雨〉，其精神意識似乎聚集於斷裂言詞（fragments of speech），形同在詩中設置許多障礙，如果讀者要求「意義」，必須靠自己去創造。也許因為如此，產生歧義性，如〈架橋〉喻橋面為手臂，連接著溝通的渴望。〈再也沒有人需要遠行〉即使在疫情肆虐的當下重讀，亦能感受時代的冷峻。

〈始祖鳥〉謳歌劉吶鷗，可視為論詠史詩，詠史乃漢詩傳統中重要的主題類型，直接以歷史人物、事件為題材，寄託詩人的思想和情感，表達某種議論或見解。陳允元認為：劉吶鷗是不被民族與國籍束縛的、藝術至上的世界主義者。然則「世界人」這個看似超越一切疆界藩籬、優游自在的形象，事實上正疊覆著其身為殖民地人苦澀的暗面，以及東亞情勢洶湧的暗潮。

無論詩或散文，書寫親情往往很容易感情失控，〈家庭聚餐〉的悲傷之情藏得最深，那是一種故意為之的語言策略，為了避免被沈重所奴役，從另一個不同的角度來看待這個世界，用一種輕淡的邏輯來認知、檢驗遭遇。詩人正如卡爾維諾所言：「我的寫作方法一直涉及減少沉重感。」（焦桐）

林達陽（一九八二——）

已經

日子過去了
時間的水面恢復平靜
「後悔」是船後方一座
漸漸遠離的小島

輕輕晃動的船艙裡
東倒西歪的紀念品散落一桌
有些色彩鮮艷
有些製造地的標籤打印著
我即將回去的灰撲撲的家鄉地名

所有故事最後都會抵達

各自的命運嗎？
鄰座的老人注視手中的數獨
像一張空白彩券，遲遲無法下筆
我願意一次次計算可能與機率
但重新拋擲骰子
總令受過傷的人猶豫

你曾再次愛上一個
已經愛過的人嗎？
曾經為了反覆出現的徵兆而悲觀？
曾因為無盡等待著奇蹟而憂鬱？
船在規律的晃動中前進我想像
每一道暈眩的波浪
是不是都來自上一艘船劃破大海的胸膛？

海鳥在陰天裡鳴叫亂飛
像是幽靈的歌隊
已經知道結局了

看電影時仍然流淚嗎？
已經去過的遠方
是不是還有一張明信片如謎底貼服在
廢棄郵箱的縫隙裡？

如果最初選擇在彼方留下
你還著迷於陳列古物的博物館嗎？
還買只能綻放三天的
玫瑰與水仙？
還透過咖啡和酒精
認識真正的自己？
水面短暫的光影迷離
好像有神躲在裡面
塗畫著寂寞的祕密

每一種永恆都由無數的短暫組成
永遠追求自由快樂，意謂那些永不可得
在等號的兩端

有什麼是交換後能夠
改變結果的嗎？
選擇返鄉的人開啟了遠離他方的新旅行
磕碰著，像一只古怪的幾何益智玩具：
怎麼讓一個簡單的白鐵環
脫離複雜扣合的鐵柵與鎖鏈……

每一次嘗試
都發出金屬撞擊的聲音
像是清晨一扇鋁合金的雕花大門
開啟又闔上
遠遠聽彷彿快速拉起的船錨綻放火花
近聽是廚具與樂器日常的敲擊

而我已經決定
「決定」便是命運
想像回去以後的生活
大概就是如此——

在同一個城市裡不斷迷路
偶然走到了可以直接望見大海的路口
在燈號由紅轉綠之前
我會迷惘的再問一次這些問題

無法完成的歷險記

That in order to make a man or a boy covet a thing, it is only necessary to make the thing difficult to attain.

——《The Adventures of Tom Sawyer》

一、

我也曾於尋常的天空下翻牆而過
去浸入水中，去向有錢的人挑釁
去成為理想的夏天，或其陰影
我也曾因背誦經典而得來一把刀
得以自己描述顏色與圖形，以一種

表演形式去吸引另一種，關於神
多數時候我不打算了解太多
我耍賴：「其實，信仰也不過就是……」

就是我有很多把戲，譬如愛
或者不愛，遙遠的世界因此更值得好奇
我樂於變壞，樂於過自己的狗日子
把頭埋入風裡懶洋洋地等待，等待
一隻蟲子輕輕箝住我，給我
成為速度的理由，即使只是虛構

二、

如果這裡就是遠方，我願為了那女子的祕密
受罰，使那個祕密，變成我們的祕密
一起寫懺悔的公開信，打翻彼此的墨水
使所有的字彙混為同一意涵讓我們
監視彼此的誓諾和背叛

我們一起監視房間，監視燒開了的水
我們監視不存在的鬼也監視
鬼一般的人，監視他們成為一個個迷宮
躲在自己熟悉的那部分
驚嚇從別的部分走過來的人
監視她終於打開她的盒子
像我打開我的，從望遠鏡裡
監視兩種變異，一種似乎是愛情
另一種我已經忘記

三、

我想打撈水底星月的謎底，想成為海盜
想駕馭生活如一艘賊船，劫取意義我所相信
去違逆眾人，去敗給終將來襲的暴風雨

讓風雨逼退我們回到最初的島嶼，讓風雨
打溼我的小名如那些火花一樣的鬼點子
打濕我的髮，拈熄幻想的引信

那些炮竹也不能抵禦的愛與死，像風雨那樣淹沒
所有漂浮的節慶，往日就要變成寒冷的波浪靜靜的
漲滿四周如沸水，強迫我們示弱，強迫
我們緊緊靠著不能選擇，捲起自身成為
彼此的菸，讓閃電點燃彼此嘴中
煙霧一般的成長，風將修正我們的口音與臺詞
像時間，耐心修改一個讀法正確的別字

四、

沒有光線願意探索我心，盜賊與天使
共同埋藏一場無法避免的坍塌，腐壞的
時光的行板在響，在我腳下蜘蛛張開捕夢網
沾滿明滅如神祕笑臉的水光，在遠方
眾神已經入睡，蜘蛛已經張網

如今我才明白遠方只是一個未知的
空桶子，不聲不響的空桶子
我始終躲在裡面，因嘗試獨自

打亮想像的火光，而發出聲響

愛與孤獨的證明

"If a tree falls in a forest and no one is around to hear it, does it make a sound?"

George Berkeley

確實有過這樣的困惑
如果一隻蝙蝠，或海豚
被關入一只吸音良好的房間
牠覺得自由嗎？
或者牠會察覺世界不能理解
而感到敬畏

確實也曾走入荒山峽谷
谷裡的你看見了高，還是深的感覺？
在不愛的人面前你看見消逝的刻度

還是花在凋謝
天空底下你會怎樣描述熱？
山屋裡失眠的你如何袪除冷與幻覺？
打開燈，光從什麼角度照射讓你聯想太陽
影子落在身後，你在意它縮短又拉長或者
有沒有某一瞬間
你能感知它的重量？

孤單的時候偶爾
我以為自己置身曠野
能夠恨了嗎？
如果拉滿一張弓，你能不能想像一箭之遙是怎樣的地方
或許是一片垂直斷崖
崖底的樹林有纏繞小徑
樹林裡落滿了葉子，我沒有去數
認為樹林是茂密或蕭條、樹葉增加與減少
仍有一部分取決於——
上次，我是與誰走進這片林地

那時世界仍有春日的茂密──
（當我輸入「茂密」，電腦根據數據判斷
顯示這裡要寫：貓咪
換毛的季節裡我們曾為同一隻貓過敏
打著噴嚏，紅了眼睛
但顯然貓並不清楚這之間發生了什麼事情）

貓咪後來不見了，那我呢？
穿過樹林五十步，湖邊有一小屋
以前我們總說這五十步是有意義的
來回五十便是一百
兩個五十也是一百
五十步笑一百步
「來此寧靜生活的他
嘲笑終究要回到樹林以外世界的我們」
我彷彿仍能聽見妳這樣說，像轉述別人的故事

貝殼一般的牙齒輕輕咬合
在風的潮汐裡發出微弱的聲波
微弱是相對而言
「微弱」是比妳的唇比我的喉結更平的一條弧線
我坐下來，空無一人的深山裡
試圖說話但覺得徒勞
沒有人知道，那時我們發明那麼多的符號與定義
那麼努力紀錄的蛛絲馬跡
也不過想證明
在蜘蛛幾何複雜的織網與馬匹奔跑來回的軌跡之前
世界簡簡單單
曾有人走過大山大海
在此歸納經驗與想像，砍樹造屋
私密而熱切地動用全部勇氣
嘗試要在群星與眾神的注視下找尋一種
關於愛的定律

詩人

林達陽（一九八二—），屏東出生，高雄人。雄中畢業，輔大法律學士，國立東華大學藝術碩士。曾獲聯合報文學獎、自由時報林榮三文學獎、時報文學獎、臺北文學獎、香港青年文學獎、教育部文藝創作獎、優秀青年詩人獎等，並獲國家文化藝術基金會、高雄市文化局等獎補助。曾任清大、東華等校駐校作家。現任高雄市立圖書館董事、出版社華文創作書系特約主編。主持擦亮花火文學計畫，經營自媒體、文學策展與活動。

著有詩集《虛構的海》（松濤文社，二〇〇六）、《誤點的紙飛機》（逗點文創，二〇一一），散文《蜂蜜花火》、《青春瑣事之樹》、《慢情書》、《再說一個祕密》、《恆溫行李》。獨立出版製作《有風》、《愛與孤獨的證明》、《傷心時區》系列。主編《二〇二一臺灣詩選》。

詩觀

我曾經想像詩是能通往神祕遠方、一張印製精美的通行憑證，但後來的感覺，更傾向認為詩是當初站在海關注視著我，那個寡言、高深的人——我費盡心思揣摩過該拿什麼東西給他才能取得認同（或哪怕是騙過他也好），也不知道最後他為什麼同意我具備了某種資格，但後來能踏上旅程、能經歷那麼多的美好與痛苦、逼我自由決定、逼我誠誠實實認識自己的愛與恨，或許都來自當時他的檢視、認可，以及祝福。

詩評

林達陽在他的第一本詩集《虛構的海》出版後記裡說：「那時的我曾經真的是那樣執意，執意於虛構的字句間收藏最真實的快樂和痛苦。」這本詩集是他大學時期的青春想像，明明是不可或缺的，需要親近朗朗南方海洋的人，卻將自己的親臨、觀看、思憶，一再虛化、陌生化，用以產生新的距離感，要以虛構的字句收藏真實的快樂和痛苦。這是二〇〇六年以前的林達陽的大學時代。

二〇一一年，林達陽出版他的第二本詩集《誤點的紙飛機》，蒐羅了重要的幾首得獎詩篇，鯨向海引用雪萊的話作為標題，詩人是〈沒有被承認的立法者〉，論述「他的詩或內省或攘外，個人情緒在自然景物間的掙扎是明顯的，但他以一種，不妨姑且命名為『忽然融入，無言淡出』的美感手法，去貼近那種哀愁，或去抵抗那種哀愁。」認為在楊牧的情美向度、夏宇的妙趣向度、羅智成的慧黠向度中，林達陽是向楊牧傾斜的。

此處選錄三首中級長度的詩，〈無法完成的歷險記〉與〈愛與孤獨的證明〉都引述西文原文作為引言，陌生化之後的距離感就在題目之後晾在讀者面前。但，誰去考究詩文本與引言的互動關係？以最後一首來說，引言說的是一棵樹與森林因孤獨而緘默，詩中則演繹出動物界更多的孤獨，甚至於群星與眾神之間的愛的延伸，是有一點羅智成的慧黠去點化楊牧的情美的曲度。（蕭蕭）

蔡琳森（一九八二——）

渡鴉 VII

你所見一切都在轉向。你踩著的楦頭在轉向，滅了燈的食堂在轉向，成群的翅羽皮囊與迷茫的渡輪在故里亦歸不得故里，只能轉向。

（據說，帕斯卡在一六五四年遇上了一場車禍，此後頻在他視線的左側瞥到有個深淵，不停張著大口，如影隨形……）

我見到暈厥的電纜，見到踉蹌的海堤攙扶著浪沫勉欲站起。一塊灌木叢地從破曉就開始下沉，向著黑夜下沉。一條禿頂的黃泥路在淒風裡躺入了它的隱沒點，淒風在隱沒點裡，隱沒點也在淒風裡。

（不管你入不入鏡，不管鏡頭後的你要轉向哪兒，我都想著屬於你的那一場肉眼不可見的車禍。我想知道，在這麼多光影疊覆前，你眼中的深淵，看上去是甚麼模樣？）

二〇一九年十月二十九日
原載《倖存者》詩刊

關於認識恐懼

——給Abbas Attar

自幼即被反覆教育過了
哪怕是面對最廣義的政治
都要懂得心懷恐懼

「——你要認真持守它，恐懼
是個好東西。」這是父親的旨意
父親溫謙得像一頭閹牛

隨後自學，才又懂得去畏怕
革命之兌現及其相反。亦曾迷惘

此二者，究竟孰更可怖？

還須特別戒慎，抗禦各種「宣稱」
它們大抵是來路不明
隨時可能潛逃無蹤的牧工

也該提防「緘默」
有時它脆弱到
只能表徵羊羔的畏懦

更得敬謹去照料
心中那一條膽怯的水脈，烈日燒灼下
它會慢慢逸散，無端消失

（而這其實是
關乎一頭閹牛怎麼生出
另一頭閹牛的故事——）

如今若是遲疑，不能果敢踏出
歧岔的步履，抑或有感孤獨的鋒面掠過
便會有一陣搔痛襲來

那是一個聲音，在心底
喪鐘般響起：更可怖的
是紛紜的同一性

二〇二一年四月三十日

給夏末的哀歌

蟻群敏於感察死亡
一個無意識的陰沉帝國
沒有形體的新主
竊據不再喧騰的廳堂

老舊吊燈把光

投入虛空的陶罐
鐮刀在沃饒的疆土
追逐自己的陰影

沉默，這意念裡永恆的造像
在石頭與塵土的夢裡反覆問難

二〇二一年七月二十二日

七月讀書

——給G．B

而這是一座微縮的，專門
授予貧瘠之徒的阿罕布拉宮。
當你前進一步，它也會尾隨你
前進一步。
它不要你尋索神祕的頓悟
它要採摘你的視器彷彿它們

是一雙枝頭沉垂的果物
它要逼迫你看，逼迫你的意念在
宗教學與數學兩個欄目之間做選擇——

而這是允許你進入它的一座阿罕布拉宮
堂皇的構圖，真實有待創造
你的佇立之成立
俯仰於它的佇立。
厚重的雙扉門在你背後闔上
你將暫時困在它的使節廳裡。

二〇二一年七月二十七日

詩人

蔡琳森（一九八二年—），從事編輯工作。有詩集《杜斯妥也夫柯基：人類與動物情感表達》（南方家園，二〇一五）、《麥葛芬》（南方家園，二〇一九）與詩文集《寡情問題》（皆由南方家園出版社接生）。曾不揣譾陋，硬著頭皮將破英文與不健康中文翻譯金斯堡詩集《嚎叫》（合譯，木馬文化）、巴布・狄倫歌詩集套書《渴望》、《血路斑斑》兩輯（合譯，大塊文化）。早年習作蒙詩人前輩、同輩青眼相待曾獲獎一二。現對於抒情傳統意象營造之套路與文情堆砌之方案備感疲怠，故近期習作亦努力迴避既有的現代詩體格。

詩觀

雖然對於把詩看成通向無意識的途徑那類觀點心存遲疑，我卻也確信，更好的詩該是一套供予生產者與消費者暫時「自我遺忘」的有效方案，而非其相反。有時作為意識與認知之外的補充物，它會顯現為一種看似更高級的認識形式，貌似可揭露某種人所能持有的神祕而隱蔽的力量。它脫胎自人的意念，以及其與語言對應或並不完全對應之關係。但不該將之神魅化。更多時候，它只是一種適於反映人類各種生物性本能變化的產物。

詩評

蔡琳森的修辭風格帶著抽象色彩，似乎也耽溺難哲學式的概念表達，詩中不時透露著悟境，諸如「它不要你尋索神祕的頓悟／它要採摘你的視器彷彿它們／是一雙枝頭沉垂的果物」（七月讀書）；「鐮刀在沃饒的疆土／追逐自己的陰影」（給夏末的哀歌）……

〈關於認識恐懼〉歌詠伊朗攝影師阿巴斯．阿塔爾（Abbas Attar），詩人選擇了「恐懼」這個視角，刻畫阿巴斯出生入死，關注戰亂地區的人民及其苦難。

〈渡鴉〉連作是主力，可視為探討死亡的奧義，另一方面也是應和、對話、變奏愛倫坡的同名敘事詩，愛倫坡此詩用了許多典故，蔡琳森這組詩也是，以致相當費解，吾人不妨參閱，較易進入蔡琳森布置的意境。

用典故的好處是可以把歷史上典型的人、事，濃縮成一個具體形象，還不只是一個形象，其中往往包含著一段情節很長、很複雜、很豐富的故事。（焦桐）

廖　人（一九八二——）

四月

最好的時候我會躺在燈束下
躺在風和木地板之間
在每一個此刻想像：此刻我是
那兩個正在對本的年輕演員
高的那個穿著藍褲子一臉灰色
捏著劇本坐在漆黑的落地窗邊
過於刻薄的咬字
使那對白不夠真實——
他還年輕，他還年輕。然而他不需
為了臺詞而否認年輕
隨即一通漏接的電話使他錯失一樁戀情

我也注意到另外那個演員
他握著簽字筆跪在地上畫線
橘色的T恤上印著他不認得的外國字
劇本要他用盡方法描下自己的影子——
他正苦惱，他正苦惱。他的苦惱正是
皺皺的劇本設下的圈套。
而我一句話也不說
只是躺在昏暗的燈暈裡
像個睡著的導演
四月的櫸木地板談不上燥熱
導一齣戲我談不上熟練

淺綠色的長窗簾淺淺搖動
四月是個不夠冷的冬天
退冰的檸檬茶在地板流著汗水
四月是個不夠暖的春天
白色的牆上水泥漆剝落
說夏天還太尷尬總之這是四月

我們的裁縫師抱著布和捲尺進來
我們熟悉的壁虎隨著門板走位

往後一個次好的時刻我會呈大字型
躺在另一片天花板另一座風扇另一束昏暗的燈暈下面
當作沒有人需要我大大方方合上眼
他們穿著新縫好的戲服盤腿坐在我身邊
最後一次拋接臺詞而我藉機小睡
蟬在漆黑的窗外摩擦口器
有人將門推開我聽見某人拉高的裙襬
聽見脫下的涼鞋和小心踮起的腳尖

我們將有一齣戲
在淺紫色的夜裡上演
我們的劇場所有觀眾赤腳進來
默默盤腿坐下，閉上眼睛
好讓彼此深深記住他人的臺詞
好讓彼此在他人的臺詞裡沉睡

好讓彼此永遠忘記
有一齣戲曾在四月上演

二〇〇六年

選自《浪花兇惡》（斑馬線文庫，二〇二一）

浪花兇惡

1

浪花兇惡
清白

一種自毀的傾向：
來自風，劃開風
構成石頭，分裂石頭

在細碎的海雨中

讓海面
對齊視線

讓島
隆起為身體

讓呼吸牽引山嵐
讓山嵐，包覆
半生的猥瑣

2

浪花吞噬自身

放任浪花
盛開千萬個人稱

一種完美的暴戾：

在亂石間殺人
浪花

可等待
不可臆測
這樣

平視山風海雨
這裡

時間
即德行

海不招呼你

但你大方
接見它

二〇〇八年

某些日常

一心不亂
大笑

看江水飛
收回對江水
施加的魔法

明天的風提早來了
明天的鳥
埋葬今天的天空

其中一種未來
就像其中一枚檸檬

選自《浪花兇惡》(斑馬線文庫,二〇二一)

某些日常
找不到一面牆
值得塗鴉
換句話說，找不到一面牆
值得留白

坐定下來
看聲音
離開樂器

光在水上散步

笑的人看見自己
雕刻了
笑的造型

二〇一〇年

選自《浪花兇惡》（斑馬線文庫，二〇二一）

不能稱之憂鬱

閃電穿過烏雲
不能稱之憂鬱
閃電穿過機身
不能稱之憂鬱
水珠攀爬玻璃，水珠落下
一個籃球在操場
擊破無數水窪——

清晨，電腦尚未關機
——不能稱之憂鬱
清晨，輪椅上的孩子
將碗盤擲向牆壁——
清早時分，不夠暴戾的暴徒
紛紛擠上列車

避免目光接觸。清晨某人
在螢幕裡斷言：未來的我們
將不再能——
——此時另外一人起床
轉開螢幕

未來
將不再能——
不能明白，甚至不可敘述
某些古老的話題
明明知道，在最新的戰線
金融走勢，和細菌培養皿
所有事物
被錯放於正確位置
一次一次被移動
帶著無數僥倖

不是不能肯定只是

那不能稱之憂鬱
長年承接霧雨
而爬滿苔蘚的牆壁——不能稱之
小孩筆下錯亂的構圖
不能僅僅稱之神祕

種種不可稱呼的神祕
叫人不能當真的憂鬱
像雨，在清晨的草原上
奔跑
赤腳
而不在乎一枚圖釘

二〇一三年第十五屆臺北文學獎得獎作
選自《浪花兇惡》（斑馬線文庫，二〇二一）

詩人

廖人（一九八二－），本名廖育正，生於臺北。清華大學文學博士。中央大學哲學博士班。曾任教廣東省韓山師範學院新聞傳播學系。現任教成功大學中文系。著有《浪花兇惡》（斑馬線文庫，二〇一二）、《13：廖人詩集》（黑眼睛文化，二〇一四）。

曾獲楊牧詩獎、臺北文學獎、林榮三文學獎、教育部文藝創作獎、國藝會文學創作補助、文化部藝術新秀補助等。

詩觀

一日
誤入心的密林
久久穿越
光束自行移動
轉瞬離去的
微微閃亮的輪廓
是美德嗎——不

是赤裸嗎
是橋
上去，閉上眼睛
水有水看人的方式
光有光——
用前額貼緊

詩評

論者曾說廖人的詩「詭異突梯，莫可名狀」，又說他「憑藉文學的幻化技巧，具有反思能力，批判精神」。他的詩不同於所謂的傳統抒情，而是運用簡短口語，少有情感修飾詞的枯筆，以意義帶動韻律。作為他第二本詩集名的〈浪花兇惡〉即是顯例。

這首詩以海浪比喻自己，比喻人生遭遇。人在海邊觀海看浪，不自覺地擴大了視野，這就是詩中所謂「讓海面／對齊視線」——視線無限的延展，可以延展到天邊。接著，廖人說：「讓呼吸牽引山嵐／讓山嵐，包覆／半生的猥瑣」——在山海之間深呼吸，把自己猥瑣的那一部分在大自然中化去，如同山嵐遮去了一部分的山。第二章，詩人說命運也像浪會吞噬人，每一個人無非人海中的一個小浪花。命運的浪，只能等待而無法臆測。最後詩人說，「海不招呼你／／但你大方／接見它」——試想你有多大的胸懷，才能接見大海！整首詩從開頭人與海的主客對立，到結尾人已完全理解海，認同海，放任浪花的一切作為，甚至以「完美」形容它的暴戾，人與海交融，淡化掉了主客關係。

〈某些日常〉用一種清冷的語調述說日常的視聽言動，無所謂經意或不經意，因此是「日常」。〈四月〉像是兩幕劇，寥寥幾個角色就把演戲的人、看戲的人都帶出來了；人生有各種苦惱，劇場情景就是人生的情景，四月是劇情中的四月，四月不是特定月份，只是舉例。

〈不能稱之憂鬱〉的詩行，其呈現如意識流，你不解的、不能的、不可敘述的，是不能稱之憂鬱的憂鬱。詞語具有曖昧性，究竟是神祕還是憂鬱，是雨還是圖釘，誰又能明白。（陳義芝）

周天派（一九八二——）

我正穿過的世界

蒐集不同顏色的逃亡
在有煙飄著的荒漠點燃
隨風編列為流雲

凝聽海浪翻譯
走失的夢，蔓衍出
一波波洶湧的命題
拔不掉軟木塞
復於黑洞不斷旋迴

臨睡前，壓一朵野花在胸膛
竟不管明天會不會

被自己的夢熱醒在
病句浪遊的床

二〇〇六年十一月，西子灣

選自《島嶼派》（麥田，二〇二〇）

海的孩子

你枕在我的手睡著
勻稱的呼吸使我以為
我的手是你的海洋
我抱住你將睡了
且想起如今
我們是整座洋
是海的孩子
而你是我的妻了

二〇一〇年二月，檳榔嶼

古典早晨

天空從不厭世
衹是靜靜地看著
無所謂豐饒
無所謂荒蕪
海洋在其中
找到自己的昇華

選自《島嶼派》（麥田，二〇二〇）

二〇一八年二月，新加坡

選自《島嶼派》（麥田，二〇二〇）

基礎生活II（選八首）

夢想

我們走在迷人的路
竟此成為迷路的人

愛河

我已經跳下去了，
你怎麼還在堤岸？

故事

把河捲起來
河流成了鐵軌……

蜘蛛

我們織網等候獵物
生命從此置身網羅

日子

有時候我也感到深沉
像在黃昏堤岸叼著落日的人

星星

這裡距離夜的牧場很遠，走吧
我們上山去看掛滿天空的牛鈴

神

那天，我和神打架，祂輸了
我活著，殘毀的世界是我的

基礎生活III（選六首）

隱喻

夜深了，
太陽還醒著嗎？

記憶

你變瘦了
像一張薄薄的紙
把我割傷

如此

人生如泥，終究我們
時而流水時而石頭地

選自《島嶼派》（麥田，二〇二〇）

活著

遺忘的話

把你對我說過的話
寫在黑板上
流成模糊的河

舊物

孩子大了
送給有需要的人
請自取

熬湯

歲月如此肥美
苦難是骨幹
熬過即是好湯

溫柔

星星很餓
一直吃
宇宙的心事

選自《島嶼派》（麥田，二〇二〇）

詩人

周天派（一九八二—），生於馬來西亞檳榔嶼。東華大學創作與英語文學研究所，中山大學中文系畢業。

曾獲周夢蝶詩獎首獎，高雄文學創作獎助計畫新詩首獎，馬來西亞海鷗文學獎，新加坡全國詩歌節創作賽雙語首獎等。

著有詩集《島嶼派》（麥田，二〇二〇）。

詩觀

觀自在。

詩評

周天派是新近崛起的馬華詩人，他的詩明淨、簡約，不以繽紛的意象、冗長的句式為務，擅長從日常語言中錘鍊雋永的警句，扭轉讀者對於日常用語的慣性思維，在驚訝、錯愕與會心的多重翻轉中，體悟語言的新感覺而有所啟發。詩人楊澤說他的詩「警策之作不少，既幽默又機警。其中寫景的句子尤其生動明亮極了，意象簡單，思考卻十分精要，精采，令人印象深刻。」耐細讀，也耐咀嚼，正是此意。

本詩選選入的〈基礎生活II〉、〈基礎生活III〉都屬小詩，前者二行，後者三行，他以洗鍊的字句，寫無窮的蘊義，在機智、幽默與諷喻之中，展示生活的各樣氣派。二行詩如「我們走在迷人的路／竟此成為迷路的人」（夢想）、「我們織網等候獵物／生命從此置身網羅」（蜘蛛）；三行詩如「你變瘦了／像一張薄薄的紙／把我割傷」（記憶）、「星星很餓／一直吃／宇宙的心事」（溫柔），都如陳黎所說：「清晰地告示著一種嶄新、晶亮、精鍊的詩風，並且……儲蓄著眾多帶給閱讀者生之氣力與體悟的養料。」

海也是周天派最有感的世界，收入本詩選的〈我正穿過的世界〉、〈海的孩子〉和〈古典早晨〉，鋪陳了一幅幅令人讚嘆的大海景觀，柔情貫穿其間，蒼涼瀰漫其中，和他短詩的冷澈形成相映成趣。（向陽）

馬翊航（一九八二——）

花架

她服膺世界
用力纏綁木架
短短長長的規章
祈禱與否，植物它們不會成為
別的物種。與人不睦
就讀小說
觀察一些挺身而出的凡人
偶而留客
煮茶
從病歷（一枚閃閃發亮的鈕扣）
擠出雨來

死去的植物
也希望把她留住
細胞在不可見的地方，當抬棺者
選擇祕密，昆蟲或者初期的歷史

失去首級
有所斬獲
敢於放浪
揉捏耳垂

通鋪上有幸福女人的殘影

在植物之間期待追問，接送
忍住幾坪的濕氣
堆放
日常的外表與泥土

陰陰然：春到

幾股車，幾股香氣都錯過

原載二〇二〇年七月十三日《自由時報・副刊》

聊賴

早安牡丹，解析度略低的楷體太陽
「明天，後天，休息，可以給你寄麻油雞嗎？」
她習慣認同分享
生於秋天，導致滿月受凍
包裹如期抵達，網室番茄內塞民眾日報
宅配單上有她的租屋處：初鹿南邊，煙草間

「你會煮嗎，還是要我上去幫你？」
我會煮。但忘了回覆中秋節
免付費，銀行月兔好友貼圖
說明我的小冰箱

除霜困難，加價購小條芥末等不到刺身
肉粽，湯圓，蘿蔔糕：不好消化的節日
我在蛋白區與蛋黃區滲透
她也傳來：「媽媽今天工作站一天，腳好酸。」

夜間清醒震動，四十歲以前你該嘗試的二十件事
活要活得大氣，沒有破洞
「先不聊，明天早起去工作。愛你。」
我三十八歲，也要早起
待辦清單裡有心虛的演講，第一次稅金，幻覺與校對
不安的戀人尚未返家
我是欠栽培的英才，還是英臺？
（遠山，含笑——）

「今天帶阿嬤去看病。天氣冷，多穿喔！」
她們開門，針尖埋進薄皮
「好喔，媽媽阿嬤小心，多保重」

陰天流水隱密
我身體也有一條小心的河
狹窄，怕冷，二度婚姻

她說，我讀：
「冷了就去風裡跑跑，風會抱你。」

第二十二屆臺北文學獎現代詩組評審獎作品

秋分

聽涼披衣起
床身凹陷，像是某個角色
遺忘舞臺許久
留下一個單調的走位
對著空氣撒嬌
要求整個房間一起坐著

薄壁之外是水流，人聲
安靜像是
利刃割著另一把利刃

白日薄似夜
醒來，大概不像醒來

桌面蟻群晃蕩
嗅聞淡去的糖跡，煙灰
哭一樣亂竄
在時間到不了的小地方
舉腳，放下。舉腳，放下
踩過自己的屍身
再離開

天氣一定會再暖的
只要，勉強記起你
緊緊攀在身上的火星

就又冷了一些

選自《細軟》（時報，二〇一九）

在下面舊家那邊

窗框邊
留置一種蜂的土壺
細小的出入口
生命：時常試圖離席

門檻低矮
父親踢到他自己的少年
驕傲，放浪而漫長

世界的疼愛是動態的
痛楚與喜悅
哪個，在親子之間更為耐久

給予房屋世俗的評價：
窄小，老舊
要嘛整修，不然拆除

石灰。柱子。土。
養育。
一群令人暈眩的詞

消失的上一代，成為紗窗
描寫，窺探任何事業
難免穿過它們

混濁海浪：不知足的
落果與廢田：多次折返
白蟻：可承受的水患
道路拓寬：風險、陷阱、耐力

他咳嗽，我也咳嗽
同一根菸
或簡單能辨認的遺傳
（外曾祖父以上，我就不知道名字）

「這裡以前——我們參加——」
客運如外力駛過青海路
他的記憶，一次語言的白色氣流
人類或空間的終局：
聽得見，但看不見

「我在想——」
顯然，他正向我分享一個夢
建材至容積，吉凶
乃至契約與境遇的深邃曲折……
（早於上午，在地方農會
購買花粉時見到的蜂巢。物質的一席之地。）

其他家戶的屋頂上安裝小耳朵
父親的車正熄火
——不要移動石頭
——給他最好的肉

除了釐清，此地在誰名下
他心中還有其他的遺物在燃燒

二〇二一年臺灣文學獎原住民華語文學創作獎新詩組入圍作品

詩人

馬翊航（一九八二—），臺東卑南族人，池上成長，父親來自Kasavakan建和部落。臺灣大學臺灣文學研究所博士，曾任《幼獅文藝》主編。

著有詩集《細軟》（時報，二〇一九）、散文集《山地話/珊蒂化》。合著有《終戰那一天：臺灣戰爭世代的故事》、《百年降生：一九〇〇—二〇〇〇臺灣文學故事》，詩作曾入選二〇一八、二〇一九臺灣詩選。詩作曾獲原住民族文學獎、臺北文學獎。

詩觀

我的父親常對我說：「那會成為你的體驗。」張棗在〈斷章〉說：「是呀，寶貝，詩歌並非——／來自哪個幽閉，而是／誕生於某種關係中。」那聽來是兩種日常，為了讓它們有所交會，我做了一些努力，且試著享受其中的深遠與勞碌。

詩評

馬翊航的詩甚具現代感。也非常挑戰我們的想像力，意象呈現得非常詭奇，有時像謎語，有時像寓言，其意象很突然，跳接幅度很大。最費解的莫如〈花架〉，在這些選詩中顯得異常奇特，試看：「細胞在不可見的地方，當抬棺者／選擇祕密，昆蟲或者初期的歷史」；再看這一節：「失去首級／有所斬獲／敢於放浪／揉捏耳垂」，詞與詞之間、句與句之間並無線性連接的意義，綜而觀之，看不出詩句群的任務，以及全詩的意圖（intention）。

也許費解、不可解正是他所追求的藝術斷裂？如病歷竟是「一枚閃閃發亮的鈕扣」，可以「擠出雨來」。無以名之，權且稱為怪誕（Grotesque）。我們對怪誕的概念來自許多現當代文學的實例，滑稽與可怕莫名其妙地結合在一起，不相干的成分互相交織，產生一種怪異的、常令人不安不悅的激情衝突。亦可視為「矛盾的反常」（the ambivalently abnormal）。當前的藝術形勢中，怪誕顯而易見，它常出之以寫實的結構，和寫實的方法來呈現。

馬翊航頗擅長比喻（figures），比喻不但可以使抽象的事物具體化，也可以使具體的事物更加形象化，使深奧的道理淺顯化，加強作品的內涵，加強作品的美學意義，如〈秋分〉：「安靜像是／利刃割著另一把利刃」；又如描寫父親的〈在下面舊家那邊〉：「消失的上一代，成為紗窗／描寫，窺探任何事業／難免穿過它們」；〈聊賴〉：「我身體也有一條小心的河／狹窄，怕冷」……（焦桐）

李桂媚（一九八二——）

月光情批

1

天，微微仔[1]光
風，輕聲細說
行過雙叉的小路
月娘寫佇[2]土地的詩
閃閃爍爍……

1 微微仔（bî-bî-á）：一點點。
2 佇（tī）：在。

月光對[3]樹葉仔空縫
發穎[4]，每一滴露水
攏是[5]春天的芳味[6]
有夢的所在[7]
就有照路的花蕊

2

熱天的水
恬恬[8]仔流
黃昏的綿綿仔雨
親像月娘的歌聲
起起，落落
飛入阮的心肝底

天星佇暗暝[9]
走揣[10]青春的跤跡[11]
一爍[12]一爍
是啥[13]人的相思

3

茫茫渺渺的
落雨天
雲，佇多情的山崙
一陣閣一陣，佮[14]目屎

---

3 對（tuì）：從。
4 發穎（puh-ínn）：發芽。
5 攏是（lóng sī）：都是。
6 芳味（phang-bī）：芳香的氣味。
7 所在（sóo-tsāi）：地方。
8 恬恬（tiām-tiām）：靜靜。
9 暗暝（àm-mê）：夜晚。
10 走揣（tsáu-tshuē）：到處尋找。
11 跤跡（kha-jiah）：腳印。
12 爍（sih）：閃爍。
13 啥（siánn）：什麼。
14 佮（kah）：和。

覕相揣[15]
田園是遐爾仔清[16]
島嶼的花，猶未[17]開
今仔日的月娘
會有記持[18]的溫柔
抑是[19]無透光的稀微[20]

4

天頂有烏烏的雲
嘛[21]有白茫茫的電火
樹林的彼爿[22]
是寂寞的厝

世事變化若海湧
有時懸[23]，有時低
想袂[24]透的心事
佳哉[25]有月娘

來做伴
海岸共[26]時間

---

15 覕相揣（bih-sio-tshuē）：捉迷藏。
16 遐爾仔（hiah-nī-á）：那麼。
17 猶未（iáu-buē）：尚未。
18 記持（kì-tî）：記憶。
19 抑是（iáh-sī）：還是。
20 稀微（hi-bî）：寂寞、寂寥。
21 嘛（mā）：也。
22 彼爿（hit pîng）：那邊。
23 懸（kuân）：高。
24 袂（bē）：不。
25 佳哉（ka-tsài）：還好。
26 共（kā）：把。

一痕一痕鑢[27]白
光線浮浮沉沉
島嶼，淡薄仔[28]
安靜

現此時[29]
是月娘上媠[30]的時
用一世人寫情批
等待天地
漸漸明

一〇六年教育部閩客語文學獎閩南語現代詩社會組第二名作品
選自《月光情批：李桂媚臺語詩集》（秀威，二〇二〇）

27 鑢（lù）：刷。
28 淡薄仔（tām-po̍h-á）：一點點。
29 現此時（hiān-tshú-sî）：現在。
30 上媠（siōng-suí）：最美。

走揣[1]你的名

細漢[2]的時，咱的地圖
是一片澎風的海棠葉仔
印佇[3]薄薄的課本
無現此時[4]的番薯
嘛[5]毋知[6]世界佮[7]未來

---

1 走揣（tsáu-tshuē）：到處尋找。
2 細漢（sè-hàn）：小時候。
3 佇（tī）：在。
4 現此時（hiān-tshú-sî）：現在。
5 嘛（mā）：也。
6 毋知（m̄ tsai）：不知道。
7 佮（kah）：和。

真久真久以後
阮才知影[8]
烏水溝是埋冤的所在[9]
大員、臺員、大灣
攏是[10]你的名

大學的時陣[11]
小說予[12]我一支鎖匙
拍開[13]福爾摩沙的屜仔[14]
原來，咱的土地
西拉雅族叫伊臺窩灣

時間親像[15]海湧[16]
浮浮沉沉的海島猶原[17]美麗
阮徛[18]佇二十一世紀
繼續走揣你的形影
等待番薯開花的清芳[19]

原載二〇一七年六月《半線文化》第二十八期

選自《月光情批：李桂媚臺語詩集》（秀威，二〇二〇）

---

8 知影（tsai-iánn）：知道。
9 所在（sóo-tsāi）：地方。
10 攏是（lóng sī）：都是。
11 時陣（sî-tsūn）：時候。
12 予（hōo）：給予。
13 拍開（phah-khui）：打開。
14 屜仔（thuah-á）：抽屜。
15 親像（tshin-tshiūnn）：好像。
16 海湧（hái-íng）：海浪。
17 猶原（iu-guân）：仍舊。
18 徛（khiā）：站立。
19 清芳（tshing-phang）：清香。

島嶼印象

日時，雨輕輕行過
樹林的小路
樹仔跤[1]有水鹿仔的形影
嘛[2]有Hinoki[3]的芳味[4]
蝶仔，佇[5]熱天佮[6]秋天之間
擛[7]烏透紅[8]的葵扇[9]
飛過樹蔭
遮[10]是上蓋懸[11]的玉山

時代的雨
一陣，一陣
野生的百合花
恬恬[12]生佇草仔埔[13]
對[14]雨縫發穎[15]

開出白蔥蔥的花蕊

1 樹仔跤（tshiū-á-kha）：樹下。
2 嘛（mā）：也。
3 Hinoki：檜木。
4 芳味（phang-bī）：芳香的氣味。
5 佇（tī）：在。
6 佮（kah）：和。
7 擛（iat）：搧。
8 烏透紅（oo-tòo-âng）：暗紅色、黑裡透紅。
9 葵扇（khuê-sìnn）：扇子。
10 遮（tsia）：這裡。
11 上蓋懸（siōng-kài-kuân）：最高。
12 恬恬（tiām-tiām）：靜靜。
13 草仔埔（tsháu-á-poo）：草坪。
14 對（tuì）：從。
15 發穎（puh-ínn）：發芽。

雨毛仔[16]是島嶼的目屎
烏雲了後
天，總是會清

雲，來到山的彼爿[17]
布袋戲無簡單
武俠故事搬做電影
親像雷公爍爁[18]
金光閃閃
歌仔戲講人生
舊情綿綿的哭調仔
牽連著
坎坎坷坷的運命
枝葉寬寬仔[19]淚[20]

日頭漸漸欲[21]落山
雨水偷偷仔
共[22]時間淋做白頭鬃

一寸一寸攏是[23]傳承
原住民的手路實在巧[24]
織布、刺花閣雕刻
用無仝款[25]的花草
畫出微微的彩光

16 雨毛仔（hōo-mn̂g-á）：毛毛雨。
17 彼爿（hit pîng）：那邊。
18 雷公爍爁（luî-kong sih-nah）：打雷閃電。
19 寬寬仔（khuann-khuann-á）：慢慢地。
20 湠（thuànn）：蔓延、擴散。
21 欲（beh）：要。
22 共（kā）：把。
23 攏是（lóng sī）：都是。
24 巧（khiáu）：技術高明。
25 無仝款（bô-kāng-khuán）：不一樣。

黃昏的時陣[26]
雨，猶原[27]咧落
親像島嶼唱未煞[28]的歌
藏佇心肝底
暗暝[29]的雨微微
風嘛微微
著時[30]就是好光景
用心看天地
幸福，就無分長抑[31]短

選自《月光情批：李桂媚臺語詩集》（秀威，二〇二〇）

---

26 猶原（iu-guân）：仍然。
27 時陣（sî-tsūn）：時候。
28 煞（suah）：終止。
29 暗暝（àm-mê）：夜晚。
30 著時（tioh-sî）：當季。
31 抑（iah）：或。

純園故事

時間是長長的溪水
綴[1]山的彼頭
流過田園
流過阿母的青春
流轉來咱的塗墼厝[2]

平凡的生活
有時恬靜
有時又閣雨水落袂[3]停
有伊做伴

1 綴（tuè）：跟、隨。
2 塗墼厝（thôo-kat-tshù）：三合院、土塊做的房子。
3 袂（bē）：不。

重重疊疊的日子
攏是[4]故事
真濟[5]年了後
才知影[6]
溪水是筆
塗跤[7]是紙
人生親像濁水溪
每一步跤跡[8]
攏是無仝[9]款的風景

選自《月光情批：李桂媚臺語詩集》（秀威，二〇二〇）

4 攏是（lóng sī）：都是。
5 真濟（tsin-tsē）：很多。
6 知影（tsai-iánn）：知道。
7 塗跤（thôo-kha）：地面。
8 跤跡（kha-jiah）：腳印。
9 無仝（bô-kāng）：不一樣。

寫生

毋知[1]海洋有偌大[2]
逐暗[3]佇[4]頭殼四界[5]泅
想欲[6]掠[7]一尾發金[8]的魚
飼咧格仔紙[9]

---

1 毋知（m̄ tsai）：不知道。
2 偌大（juā-tuā）：多大。
3 逐暗（ta̍k-àm）：每天晚上。
4 佇（tī）：在。
5 四界（sì-kè）：到處。
6 欲（beh）：想、要。
7 掠（lia̍h）：捕、抓。
8 發金（huat-kim）：發光。
9 格仔紙（keh-á-tsuá）：稿紙。

寫生

選自《月光情批：李桂媚臺語詩集》（秀威，二〇二〇）

詩人

李桂媚（一九八二—），彰化縣人，中國文化大學印刷傳播學系工學士，國立臺北教育大學臺灣文化研究所文學碩士，曾任《吹鼓吹詩論壇》主編，現服務於大葉大學。榮獲一〇六年教育部閩客語文學獎閩南語現代詩社會組第二名，著有報導文學集《詩人本事》、《詩路尋光：詩人本事》，詩集《自然有詩》（秀威，二〇一七）、《月光情批：李桂媚臺語詩集》（秀威，二〇二〇），論文集《色彩・符號・圖象的詩重奏》；編有《在現實的裂縫萌芽：岩上學術研討會論文集》。發表有學術論文〈論向陽現代詩的四季意象〉、〈論向陽童詩的視覺思維〉等，並曾為《逗陣來唱囡仔歌I、IV》、《向課本作家學習寫作：用超強心智圖解析作文》、《愛上寫作的11種方法》等書繪畫插圖。

詩觀

很多人覺得詩很難懂、臺語詩更難懂，但我認為，閱讀文學作品跟欣賞表演一樣，語言是門票，只要你會語言的聽說讀寫其中之一，就有機會入場，欣賞這個語言寫成的作品。表演的門票本來就有分貴賓席和普通票，語言能力好的人，可能座位在舞臺前方，只會一點點這個語言的人，可能坐在樓上或是側邊座位，雖然大家的位子不同，但看的是同一場表演，也因為視角不一樣，每個人可以建立自己的論點，寫出自己的風格。

詩評

行動力迅捷、多藝多才的李桂媚曾是臺灣詩學季刊社的「及時雨」，擅長人物漫畫、編輯設計、論文書寫、會議策劃、刊物主題規劃、網路行銷的她，在主編詩刊《吹鼓吹詩論壇》六年期間，與另一主編陳政彥把刊物合力推向了詩刊設計的極致。她的詩是她不經意的產物，直到寫了臺語詩後，彷彿才找到自己的喉管，可以自在的發聲。

「她的臺語詩比之於華語詩，更讓她深刻且自在的表達自己。像是呼吸般自然的，她讓這個島嶼的風和日麗、流水潺潺乃至於月光遍灑，輕易地走入詩中」（向陽），誠然，方言詩包含臺語、客語、原住民語的入詩，是詩領土的擴展，將語言之美更真誠更貼地氣地展現，是亟待開發的領域，即使閱聽人口表面上受限，卻是將更自然更具音樂感的語言納入詩境的好方向，它被拿來讀比被拿看更有情味。比如組詩〈月光情批〉中的兩節：「天星佇暗暝／走揣青春的跤跡／一爍一爍／是啥人的相思」、「世事變化若海湧／有時懸，有時低／想袂透的心事／佳哉有月娘／來做伴」，以臺語讀來，詩味及音樂性十足，令人遐想、動容。〈島嶼印象〉中：「時代的雨／一陣，一陣／野生的百合花／恬恬生佇草仔埔／對雨縫發穎／開出白蔥蔥的花蕊」、「暗暝的雨微微／風嘛微微／著時就是好光景」，既寫日常光景，又隱含時代事件、政治轉折。而〈純園故

事〉從母親的青春歲月出發，一路與濁水溪的蘊育滋養土地乃至筆耕書寫連結，展現了大地母性的博廣心胸和感懷。（白靈）

廖啟余（一九八三——）

十年

寫詩十年了 朋友往往說：
「當年我也寫詩……」
那些年寫詩就只有筆和白紙
頂多排作鉛字　就這樣
讓所謂正經事
總是一份全職的零工
而岳母也能搞懂我的工作
其實「文字配送員」不也好懂？
反正都是沿產業道路開下去
開下去　一卡車虛構
儘管是難駛一點
但山區怎麼黑也會有7-ELEVEN

遠遠一枚燈球，然後
明亮的店面移過車窗
那工讀的身影移過車窗
然後車窗的後照鏡小小反光
沒入林莽　與夜暗相推移

然後我想著妻

選自《解蔽》（釀出版，二〇一二）

夏至、蕨葉與拉丁學名的花

I

拉丁學名的花開了，蔭下箭桿的日光。拉丁學名的花已經開了，濕氣已經潰退，隨金屬殼詠唱晴空的硫磺，這些拉丁學名的花已經開了，輕藍、嫩紅的火開向濃蔭軍帳，陪伴一頭凶獸午睡，讓牠夢見最無謂的殺與被殺、無謂地亢奮，讓牠醒了就得走進空教室，尋求最最無畏的人，摸摸牠皸裂的臉的石化。這些拉丁學名的花已經開了——紡出全幅黑暗，這全幅光明——、已經開了，今天起，榮譽是最後一個迎接死亡。

II

小路泥濘、暮雨滿天飛蟲……什麼都讓蕨葉發芽，她爬進了空教室，風琴鍵上排好秀氣的手。怎麼唱遊都是復沓的黑暗，蕨葉會成為那一雙手，安撫火焰成為灰燼，又揉和了灰燼在黑泥，墨綠色，蕨葉爬出水溝，如同凶獸敗亡的血，圍困牠去熊熊的鳳凰樹下。無妄的蕨葉發芽吧，無妄的蕨葉總該發芽，為了分辨生者之中的死者。蕨葉能分辨永生——這些花的拉丁學名曾用來寫作神學，永生就是一種死亡。

III

拉丁學名的花已經開了，與無妄的蕨葉相拒，火焰與黑暗的鋸齒，長長的善惡之爭，這一天，優勢即將其中的一方傾斜。光亮雲朵埋進豎穴，深處地底即釋回夏焰的盲人：「看我燒毀的瞳孔嗎？」那並非邀請，只為質問：餘生都在冥界，如何總為了最好的時光？

「唯獨戰壕能把英靈殿瞻仰，」

既然總有生者投効奧丁，亡者貞定於華爾奇麗婭為了今天，拉丁學名的花都已經開了，與無妄的蕨葉攜手，火焰與黑暗的鋸齒，長長的虛無與善惡之爭，這一天，優勢仍然在我們這一方。

選自《別裁》（九歌，二〇一七）

過辛亥站

哀公八年，有魯人
拋錨綠紅燈下
萬美路之沖而手機震動：
……一九一二蓋翠亨艦
旅行時空以徂日
迫降處，舵手三代汲取
杓柄大篆已變藤壺，
加油站在焉一時重機發動
偶見執油槍制服
卒人立者，乃一馬一牛。

原載二〇一八年十月十日《自由時報・副刊》

遣唐

且抄到這一卷罷？
梵字當窗，枚枚曼荼羅
枯手橫渡紙面
今午也垂點天河水波
哪些舍利緣於白骨
堅固，充作了正法舟楫
迎帝國的經院雲浮，鬱鬱
彼大同，即超市咖哩之煨在電鍋……？
黃昏你似有些瞭解了東亞系
你的室友。然後你去打球。

楊牧詩獎作品

原載二〇一九年一月十五日《聯合報・副刊》

詩人

廖啟余（一九八三—），打狗人，政大中文碩士，美國聖路易華盛頓大學比較文學博士候選人。著有詩集《解蔽》（釀出版，二〇一二）、小品文集《別裁》（九歌，二〇一七），並入選《七年級新詩金典》、《聲韻詩刊》「臺灣七年級新生代詩選」。獲楊牧詩獎，教育部文藝創作獎，優秀青年詩人獎，並多次獲得國藝會獎金。

詩觀

我們悉心察識詩即為政治的，何曾侷限於批判政局，並自詡絕對的良知。相反。我們理解：詩之折射文明與歷史，只因折射了其內在對峙與彊持。我們的製作，因此，未始出乎否認政治，與肯認政治二種。

我取後者。

詩評

唐朝韓愈說了話：「師者，所以傳道、授業、解惑也。」廖啟余應該有師者、牧者、詩者的願行，所以將自己的詩集命名為《解蔽》。解什麼蔽呢、為誰解蔽呢？依廖啟余提舉的詩觀去尋找，他認為詩之所以折射文明與歷史，是因為折射了內在的「對峙與彊持」，所以在詩與政治的迎拒之間、在否認與肯認「政治」之間，他肯定說是選擇了「肯認」。若是，他的《解蔽》邀請詩人楊牧推薦作序，他的詩作獲得楊牧詩獎，應該他的詩作是接近楊牧的「涉事」多一些吧！但楊牧在序中卻談了很多廖啟余的懷人之作，或許其中正顯現了廖啟余詩中的「對峙與彊持」之外的某種和解的契機。

這種和解的契機，還顯現在詩的「遮蔽」與「解蔽」的拉扯張力裡。當然也顯現在廖啟余現代小品文書寫的成品《別裁》。《別裁》既被視為幽微傳承晚明小品文「獨抒性靈，不拘格套」的風骨，也被當作詩集《解蔽》的姊妹作，別出心裁，別裁偽體，在散文與詩之間游移不決，在小品文與散文詩之間模擬兩可。

新世紀都已過了二十年，「對峙與彊持」之外的某種和解的契機，還顯現在廖啟余獲得楊牧詩獎的兩首作品裡的「文白並舉」。

是以，楊牧點出這樣的結語：「因此才有詩人筆下正面和反面輪流等待登場的人物，如此豐滿或瘦削的造形，而無論正反都一樣完整，有稜有角，這裡就不是上一代詩人擅場的側面寫生而已。」（蕭蕭）

林餘佐（一九八三——）

我親愛的植物學家

我親愛的植物學家
總在夜裡動身，獨自前往遙遠的流域
採集芳香的隱喻

我伏在木質桌上，寂寞的意念悄悄繞過年輪
緊跟著折枝的手勢，陪你
越過兩個形容茂密森林的詞彙後
落在不知名菌類面前
；而我展開以下的敘述
——我決定吃掉那些
看似健康且誠實的菌類
以便搭配因受冷落而微微發酸的胃液

相信一朵玫瑰是愚蠢的
但菌類可就不同，你可以遠行
、可以酬唱。它仍會安分地等待並做好
光合作用或，垃圾分類，直到你回來
它也不會變成巫祝
……等等；此刻脫韁的意念掉過頭來
朝著你狂奔、跳躍
像隻華麗的書籤斜斜插入
雜亂的泥土裡，標示著未經指認的花語。

於是，我提著光線，黏著你的步伐。
來到未經修飾的花園
土壤裡的雷聲
孕育著生猛的雨季
你告訴我，遠方的草叢
沉睡時最為茂密。你摘下一朵幽蘭。
你說，與時光一同播下的嫩芽

會將所有腐敗的念頭都綻放成蝴蝶
（破蛹的瞬間，一直沒人看見）
——收攏多足的意念
在你身後定神。等待你轉身。
我問：「承諾過的菊呢？」
；時光是座花圃
炫目的花卉只盛開一季肉身
野草是太過繁複的糖衣
而你要的菊就裹在裡頭。你說。
（你闔上《楚辭花草圖鑑》；我欠身向前，翻閱每一個溼潤的夾縫，尋找我要的菊。）

二〇〇九年度五屆林榮三文學獎二獎作品
選自《時序在遠方》（二魚文化，二〇一三）

習字：以水的質地

字彙內核是搖晃的液體
習字有如赤足涉入陌生的水域：
我吐出潮濕的音節
想要喚醒沉睡在溪谷的石子
你回應：曖昧、迂迴如狡猾的暗流。
意象在我們腳邊流轉，泡過水的偏旁顯得清澈
我們開始懂得意象的原始意義
彷彿先民收割的第一批果實
——飽滿、香甜的滋味尚未命名
只能在口中添上一橫，權宜稱之：甘。

潮汐與時序一同推移，沙灘上盡是老死的詞彙
某天有人拾起，聽：那古老的音節
細瑣如水母——靜靜漂浮在海面。

於是，有些聲響被寫下
曲折幽微的發音如招魂時的呢喃。
大雨將至，地上遍植鬼魂
它們以水的型態說：世上萬物字形、字音的由來。
字義的演變太過繁複，它們保持沉默。
土壤溼潤，雨似白馬之蹄來回踱步
踢亂了掩埋已久的屍首與部首。
每一次閃電都是詞彙的誕生
古老的字義與死者都在此輪迴
（造字如招魂：召喚已逝與未知。）
大雨過後，象徵之林茂密
新生的詞彙閃著水滴靜靜結在枝枒上
等待某人摘取、食用。

習字像進食，偏食的人會變得口拙。
味蕾是字典可供記錄、查閱
昔日國語練習簿上的造樣造句
教導我們以生硬的句式煮難吃的料理

未經馴服的舌頭翻轉了幾圈，偷偷地將水釀成酒
與戀人共飲——唇齒甘甜，微醺的肢體食髓知味。

習字如在意識裡煮水
陌生的筆順是流動的隱喻
沸騰著龐大的海洋、遙遠的樹林
然而，逝者如斯，肉身是破盆：
攝水量不足的我們，終生牙牙學語。

二〇一二年教育部文藝獎學生組新詩組特優作品
選自《時序在遠方》（二魚文化，二〇一三）

外套

送洗好的外套
一直掛在衣櫃裡
透明的袋子將外套

包裹得密不透風
像真空包裝的零食
果肉被風乾
小小的防潮包
提醒我請勿落淚

你的袖口有補釘
小小的破洞
裁縫師用一樣花色的襯布
從內部縫上
你穿著補過的外套生活
沒人發現你受過傷

我也帶著補的心
過日子，只是在入秋後
特別想念你那件外套
我怕補釘哪天會鬆脫
而你永遠不會知道

口袋裡不再會有發票
咖啡、飯糰、香菸
這些消費構成你的日常
它們都是可以消化的物質
你和它們都是碳水化合物

我學你
買了咖啡、飯糰、香菸
安靜地複習你
安靜地將你消化
讓你成為我的補釘

選自《棗之核》（九歌，二〇一八）

病識感

——所有的隱喻皆來自肉身。

我能察覺
所有雷聲的出處
在遲來的春天
它們分別來自：礦物、
回憶、倒影。
漫不經心地
打開所有話語的縫隙
讓唾液成為蜜
吸引體內沉睡的熊
讓那些腳印
在臟器間行走
小心避開陷阱與

花；火在洞穴裡產卵。

我可以辨識
體內的經文
默禱一般的聲腔
適合描述一位患者
如何困於室內
像一朵妖異的花
呼喚虧欠春天的蝶
一次揮翅就是一次閃電
落在最深
最隱密的肉身。

原載二〇一九年《聯合報・副刊》

詩人

林餘佐（一九八三—），嘉義人。東海大學中文系學士、東華大學中文所碩士、清華大學中文所博士。現任東海大學中文系助理教授。著有詩集《時序在遠方》（二魚文化，二〇一三）、《棄之核》（九歌，二〇一八）。曾獲：優秀青年詩人獎、教育部文藝創作獎、林榮三文學獎、國藝會創作補助、國藝會出版補助。

詩觀

寫詩就是，試圖覓得一條小徑，能穿過迷霧與時差，遇見更好的自己與世界和解；也或許是，遇見一些先行者——透明的魂，死去的人——讓我緩慢地重蹈覆轍。

詩評

林餘佐的心靈有天真的承自抒情傳統的象徵世界；他所體認的現實人生，似乎又充滿扞格矛盾的課題，他的詩行因而顯得繁複。他在繁複中穿越迷霧，思索寫作，思索生活，寫詩成了他探尋自我的小徑，成了他理解人生、修復人生的法門。

〈習字：以水的質地〉是一首論創作的詩，「習字有如赤足涉入陌生的水域」，講究吐屬的音節，流動的意象，詩人說「大雨過後，象徵之林茂密／新生的詞彙閃著水滴靜靜結在枝枒上／等待某人摘取、食用」，又說「習字像進食，偏食的人會變得口拙」，若因攝取不足，缺乏素養，就注定停留在牙牙學語階段。

〈我親愛的植物學家〉將自己投射進植物的象徵中，詩中的植物有菌、玫瑰、幽蘭、菊、野草，植物的特性是人際關係的隱喻，是自我性格的比附，用來辯證生活的滋味。

〈外套〉相對於前二首，語法更乾淨，脈絡更清晰，感受更親切。你有一件補過的外套，我有一顆補過的心，讓你成為我的補釘，補我受傷的心。你，可以是一個人，也可以是文學，如最後三行所述「安靜地複習你／安靜地將你消化／讓你成為我的補釘」。其中的轉化／深化，頗有味道。

〈病識感〉是指病人對所罹疾病的認識及接受程度，這是一首超現實、挖掘內心的詩，凡人誰不是患者，病在最隱密的肉身，如詩人所說，「如何困於室內／像一朵妖異的花／呼喚虧欠春天的蝶」。（陳義芝）

蘇家立（一九八三——）

其實你不知道

每晚當我捧起詩集
其實你不知道
我的指關節正為了你
無法彎曲的腰
疼痛不已
每翻一頁沉重的詩句
就想號哭一回

其實你不明白
當我一個人踱在雨中
即使撐傘
我想起你寬敞的背

開滿花紋的藍底襯衫
還有一雙載滿落葉的眼睛
我只想折斷傘柄
默默走進更大的雨勢
想在你身上的水塘溺斃

其實你不相信
其實你不明白你的溫柔
像條活在蘋果中的蟲
往外探頭失去的是
向內的腐爛

我摺起你寄來的信和承諾
其實你不理解
我尚未寄出的鈕扣
早已在日常中生鏽
一個糖霜不夠勻稱的甜甜圈
被咬了一大口

我把那些平淡都含在嘴裡
等睡前刷牙一併吐掉

其實你不知道
我多想打一通電話
給沒有時間接聽的你
聽你多談一點憤世
如何養一隻花貓
儘管我的努嘴越來越像貓叫
也請你不要掛掉
其實你不知道
我只有一個常用號碼
在指紋內迷路
在胸口中反覆彈跳

其實你不知道
我明天要去找你
在某個自殺勝地

仰望灰濛濛的陰天
拿出預謀的粗麻繩
把你的照片和信件
一一吊死

二〇一六年十月一日

選自《其實你不知道》（斑馬線文庫，二〇一七）

愛上了一座廢墟

輕輕用食指敲著黑板
粉筆灰慢慢飄了下來
一部分落在溝槽
一些黏在掌心

許久以前你曾坐在那個位子
離黑板最近
抽屜裡堆滿垃圾

桌上寫著難聽的髒話
整個人看起來像一座廢墟

多年後你在一群人之中
離愛或其他形容最遠
裙子裡什麼也沒
手指套著一個又一個環
臉上的表情彷彿剛打過蠟

用手中的半截粉筆
我在你的陰影畫了把傘
等著不會來的雨
你是一座有門的廢墟
二樓的地板容易塌陷

輕輕用食指敲著你的背
這兒離城市有幾百里遠
到處是混濁的泥水窪

你舔著我略白的雙手
那兒曾停留過細雪

子午線後

一面鏡子牢牢黏住我
它吸出一座懸崖
一顆松果
一頂灰色帽子
一條西向的河流
一把沾水的冥紙
被一艘編號模糊的汽艇
載往一個房間
那裡只有虛線

世界總是這樣對我沉默：

入選《二〇一七臺灣詩選》

東邊有該見的人
西邊有該遺忘的事
我掉下自己策劃的崖
頭頂並不孤單
胸膛的種子早已刺傷
掌心那些與我無緣的浪子
異鄉的香氣把他們磨蹭成亂碼
值得在一日的最後一刻
受回憶的指示自焚
剩下來的碎屑
想要飛出房間門縫
我不允許

我拿針把臉上的鏡子戳破
世界開始淌著明天
噴水池前沒收乾淨的影子
連成一條直線
微光踩著它

走向我的雙眼
懸崖底有想忘的事
帽子頂有想見的人
卡著今天

二〇一八年二月十九日
原載《文訊》三九三期

無條件基本收入

醒來時，他發覺被塞在瓶子，隔著玻璃，陽光照遍了身體卻摸不著。他是顆彈珠，隨著微甜的汽水晃呀晃，直到汽水喝光進入下一個循環。

沾染孩童的唾涎，別無選擇。在彈珠檯中撞擊長短不一的鐵釘，他知道臉頰劃了幾道口子卻沒有流血。四周流動的，是絢爛的霓虹與一雙雙急促的腳印。他壓著底下另一顆彈珠，冰冷的摩擦讓他再度沉眠。

耳邊盡是海濤，沙灘上他得到最廉價的寧靜，沒多久就漲潮了。白浪越來越近，繡著冬天，海鷗銜著灰白在天空來來去去，顏色都差不多。

二〇二一年一月十八日

你的命比不上我的權力

——緬甸軍方於仰光鎮壓民眾，八十多人慘亡

即使逆光
人民脖子抬起的仰角
敵不過怒吼的槍口
一雙雙血手有的握緊自由
不肯輕易鬆開
有的儘管戴上手套
鮮血仍會穿透表面的謊
成為鐵的恥辱

順光，不過是種奢侈

政變包裝後的假象。
被權力豢養的豬玀，軍服筆挺
四個月來，揮舞著豬蹄
豬鼻喘息著鬥爭與恨
華麗的豬圈裡堆滿武器
妄想掌握人民卻渾身汙泥

四個月來，人命很輕很薄
只是看輕國際的數字
在軍人節這天
遍地染血，鎮壓的子彈
不放過稚童的臉蛋
硬是奪走嬰孩右眼的光
敏昂萊與其豬玀的黨羽
仗恃鋼鐵的暴力
化身推不倒的畜生
公開分食自由

歐威爾的小說不只是小說
仰光的和平還在血腥裡
你的命比不上我的權力
軍威赫赫的獨裁頭子
不覺得自己在殺人
只是在啃花生米

二〇二一年四月十二日

詩人

蘇家立（一九八三—），生於新竹。國小特教教師。臺灣詩學吹鼓吹詩論壇詩刊主編，就讀清華大學中國語文學系語文教師碩士在職專班。

著有詩集《向一根半透明的電線桿祈雪》（要有光，二〇一三）、《其實你不知道》（斑馬線文庫，二〇一七），詩文集《渣渣立志傳》。詩作入選《躍場：臺灣當代散文詩人選》、《新世紀吹鼓吹——網路世代詩人選》、《島嶼山海經——城音》、《二〇一七臺灣詩選》等。

曾獲喜菡文學網新詩獎佳作、臺灣詩學第一屆創作獎散文詩獎優選、愛詩網「好詩大家寫」新詩創作獎成人組佳作、創世紀詩刊六十週年詩獎優選、臺灣詩學第四屆創作獎首獎、中華民國新詩學會二〇一六優秀青年詩人等。

詩觀

詩與我，各自執有符契的半分。透過詩我去感知、同理這世界的諸象，而詩憑藉我這個容器，具象化我這符碼所承載的情緒、喜好、價值觀與欲望，截至現今，彼此借貸而持續虧欠，或許哪天我無法寫詩，詩就另覓他者討債而我依舊如故，不因詩離去而憂悒，也不因曾擁有詩而歡愉。

寫詩能做些什麼？影響什麼？往昔我會耽於尋問答案，而今寫詩無非是平述日常細瑣，原本重若磐石，此刻恰如一針白羽，該落地就毋須遏制，淡然隨之且輕笑無懼。

詩評

蘇家立詩齡甚長，網路是他馳騁詩作的世界。在接受青年詩人林宇軒的訪問時，他以「熱血」、「純真」與「正義」三個關鍵詞來形容自己，反映到他的創作上，大抵亦復如是。

蘇家立的詩也一如他的詩觀：「透過詩我去感知、同理這世界的諸象，而詩憑藉我這個容器，具象化我這符碼所承載的情緒、喜好、價值觀與欲望。」〈愛上了一座廢墟〉曾入選《二〇一七臺灣詩選》，刻畫一位特教老師對學生的關愛，從首段手上沾著的粉筆灰，寫到末段末行「那兒曾停留過細雪」，深刻感人；〈其實你不知道〉是一首未寄（或對方也看不到）的情詩，作為告白，也作為悼詞，迴環傾訴，最後結於「拿出預謀的粗麻繩／把你的照片和信件／一一吊死」，更見用情之深。

相對於柔情，〈無條件基本收入〉以散文詩的形式，處理生命與生活的基本課題，暗喻人在工作職場上「被塞在瓶子，隔著玻璃，陽光照遍了身體卻摸不著」的宿命，以及在茫沫人海中，「白浪越來越近，繡著冬天，海鷗銜著灰白在天空來來去去，顏色都差不多」的孤獨和無可奈何，是一首具有思想深度的詩。〈子午線後〉則以超現實的手法，透過鏡中景象凸顯世間人事物的荒謬。

〈你的命比不上我的權力〉寫二〇二一年四月緬甸軍方於仰光鎮壓民眾，造成至少八十二人死亡的事件，是一首寫實之詩，反戰反獨裁之作，詩人以「逆光」、「順光」諷喻軍方在仰光的血腥作為，直刺「你的命比不上我的權力」的獨裁思維，批判力道十足，足見蘇家立不只柔情熱血，其剛烈正義以不遑多讓。（向陽）

陳昌遠（一九八三——）

工作記事第2節

我沒有你想像中的困頓
我的廠區，仍在運作
齒輪比是合適的，每一支扳手
都有對應的螺絲
而螺絲，有他們專屬的位置
有不崩滑的牙，在每一臺機器的腔內
穩固著支架，引擎，以及空壓機的管路
這些都經過適當的調整，設定
並且有足量的潤滑
電力與物料是不缺乏的
作業流程是順暢的
訂單，銷量，與產能比例為正

我沒有你想像中的困頓
我有勞動，也有錢賺，更有招牌
我的廠區就在那條大路旁
黑夜裡也仍在運作
貨車來時，我會用力拉開鐵門。

工作記事第3節

你已經知道了
知道了明日的工作為何
而後天的，往後的
所有表上的流程的等待的
不及待的
都已經知道了

每一顆螺絲都是被知道的
都必將被鎖入

對應的螺孔，螺紋與鑽床
也是知道其固定的硬度與扭力
或者耗電量，需索的電源中
每一條金屬線都必將
纏繞彼此，輸送已知道的
最大輸出，以及光熱，是電
抵達每一個接點

每一個接點，都是知道了
都必將受焊於極致之上
端與端之間是寂寞而單調的語言
是知道了
是固定的路通往
固定的方向與地點
是確知用途的器械或者
具備功用且必須有所作用的
種種部件，微小且粗略
零碎亦可替代的方便

這些，都已經知道了。

工作記事第6節

感覺醒，並試圖更接近。
完成任一動作：支撐／挺立／踏步／觸碰。
接收下列訊息：金屬／玻璃／塑膠／混凝土／磚瓷。
進行開，以及關。
輸入液體，或排出。
在某段時間內，具備速度。
服用某一成分：糖／咖啡因／澱粉／蛋白質。
從上述任務中，觸碰下列物品：螢幕／把手／按鍵／鑰匙／卡片。
接受，或行使拒絕，不限定於動作或言語。
覺察塵埃，雜絮，青苔，乾濕的光。
迎向某一道氣流。
發現一植物增加了些許枝節。

保持沉默，但不中斷聽見。
適應所有場合的溫度。
在必要時，說話。
體驗，然後習慣噪，以及動。
注意震動，以及音聲的來源。
尋獲標示，也參與製作，並遵循。
進入人群，脫離，重複此行為至少三次。
等待某一數字逼近，或等於自己。
知道一件無關對錯的事。
不放棄關注那些與自身存活無關的事。
嘗試「完成」此一概念，即使必定失敗。
容納失敗此一結果，但仍嚮往成功。

抬頭，呼吸，然後願意看。

工作記事第7節

沒有誰一生都是有光的
是誰都要有黑色的
時刻，在牆面沒有顯示因為黑
因為沒有光，就找開關
沒有誰一生都能觸摸到開關，如果
不是有光的就必須摸索
用手在時刻所棲身的空間裡因為黑
沒有誰一生是不找的，如果
終於與開關碰觸用手，確認不是
有光的，是黑的，誰的一生沒有
在牆面沒有顯示因為時刻
在黑色裡在開關與指間碰觸時期望
過電，但不是誰一生都是過電的，沒有
光，在仰望時不顯現，只有天花板

是黑色的沒有電的火花所以是黑色的
空間裡有一雙摸索的手在牆面經過
沒有誰一生是沒有摸索的，所以
學會辨認物件，拆解，用心思
去假設一處必定是錯的所以有黑色
在碰觸仰望後被確認，沒有
誰一生都是沒有錯的，肯定一種揣測
可能，手是錯的，牆是錯的，有光
亦可能是錯的甚至光是可能，就可能是
錯的，誰，時刻，都可能有錯而被
發現，誰一生沒有發現某一事物是錯
正如天花板上的日光燈從來不是日光並且
曾經有光，沒有錯，而此刻它的兩端是
黑色的，像是有錯已產生而因此
當手與開關碰觸就像是一生中
總有幾次以為找到了卻是錯的
錯的，而誰一生沒有推託
推託錯誤給一支日光燈即便

它一生都是有光的，都是有光的時刻
而如今它被說明，是壞的，可能
是壞的應該是壞的被確認是壞的，誰
誰是壞的是一支日光燈在手
觸碰開關之後仍讓時刻是黑色的
於是在摸索後仰望後揣測後
找來讓自身更高的事物如桌子椅子梯子
然後到高處說是錯的壞的因為
沒有誰一生都是對的有光的
所以就換了。

工作記事第39節

一支起子
把一顆螺絲鎖死
從此以後
它們的日子就在那了。

做你輕微的糖

曾以為想愛的都可以愛
幾點睡，就幾點起來
去年的雜記
如今發現有點青菜
食材涼寒，大小日子
都困頓在火候
老想著鍋裡如何？味道如何？
料理的手腕，又如何？

那無非是：一點雨，兩點冰
三點是酒和飲料各一瓶
四點半睏半酒精
然後五點，你還等不到醒

選自《工作記事》（逗點文創，二〇二〇）

只好三晚夢當一晚做
清晨的浮沫，整點的鈴

曾以為想熬的
都一定熬得下去
誰知做壞的，一樣要吃下去
一根骨，兩塊莖
幾片菜葉
就是幾種片刻的心情

精緻的，往往都是現代
我們手勢粗糙，早忘了如何古早
盡力捏住眉角，學習振翅
卻只是剖半的雞鴨
去鱗的魚

醫生說，藥可以停
水還是得喝

每天，做別人妥善的鹽巴
每天，做你輕微的糖。

詩人

陳昌遠（一九八三—），高雄小港人，中正高工建築科畢業。曾任中國時報印刷廠印刷技術員，現為文字記者。長期於批踢踢實業坊poem版發表詩作。著有詩集《工作記事》（逗點文創，二〇二〇）。曾獲時報文學獎新詩評審獎、楊牧詩獎、臺灣文學金典獎。

詩觀

習慣針對同一主題重複寫相同的詩。對空耗時間只為了形塑某一種規格的詩作感到厭煩。常覺得字句是組造詩意的微小零件，一首詩可以是一臺機器，而詩集更是由許多首詩構成的大型機臺。

詩評

陳昌遠的詩，擅長展現基層勞工的滄桑心境，思索工作的人與運轉的機器之間既衝突又和諧的矛盾關係。

《工作記事》是臺灣詩壇罕見的勞動詩集，各首詩作不以篇名而以編號呈現，共四十三節，獨立成篇，統合起來則是一組長詩，猶如工廠中的機械組裝，零件與零件、機器與機器各自獨立，也相互連鎖。詩集第二、三、六節，分別書寫勞動者工作中的心境、工廠生產流程與器械之間「寂寞而單調」的關係、工作的固定程序和相應的身體儀式，以細膩的、流動的筆觸，勾描看似單調、劃一實則繁複而多變化的工作，讓刻板的、慣性的勞動，因為文字語言而散發動人的光亮。

第七節以工廠空間為背景，以置換日光燈為事件，究問光與黑、開關與碰觸、錯與對的弔詭關係，在綿密不斷的「沒有誰一生……」句式覆蹈中，省思人的生命處境，結尾一句「沒有誰一生都是對的有光的／所以就換了。」嘎然而止，意在言外，深具哲思；第三十九節只有四行：「一支起子／把一顆螺絲鎖死／從此以後／它們的日子就在那了。」不僅寫起子與螺絲，也隱喻人生在世「鎖與被鎖」的宿命，尤見深刻。

相較於《工作記事》的細描深究，〈做你輕微的糖〉則顯現了陳昌遠的另一種「手藝」：以輕快、諧趣的節奏感，處理食材食事，兼及情愛。（向陽）

潘家欣（一九八四——）

胎記

把自己從肩膀撕開
轉生時
我便配戴長長的胎記

「看哪，
這人！
受過這麼重的傷又活過來了」

一次又一次
一次又一次

二〇〇九年二月二十五日臺南

選自《妖獸》（逗點文創，二〇一二）

變態史

媽媽，我生下來的時候
就像貓咪一樣
有兩隻眼睛嗎？

不，妳生下來的時候
有三隻眼睛
因為三隻眼睛太亮了
妳常常哭
媽祖就幫妳關掉了一隻

媽媽，我小的時候
就像熊熊一樣
有兩隻腳嗎？
妳小的時候

有四隻腳
但是妳只會慢慢爬
後來快快爬
再後來，妳爬得太快了
用不到四隻腳
就變成兩隻了

媽媽，妳生下來的時候
也是兩隻手嗎？
媽媽生下來的時候
也是兩隻手的
但是抱著妳，又生出兩隻
抱著妹妹，再生出兩隻
一隻牽小狗一隻炒菜
一隻開車一隻接電話
媽媽現在就跟軟絲仔一樣了

媽媽，妳小的時候

也有翅膀的嗎？
有呀，只是媽媽的翅膀太大了

翅膀大了
就變成其他的東西
變成了四個耳朵
變成了第三隻眼
變成突出來的肚臍
變成十個月的失眠
變成了有皺紋的湖
變成粉紅色的小山
變成漫長的霧
最後
媽媽左邊的翅膀變成妹妹
右邊的，就變成妳

二〇二〇年四月二十三日初稿
二〇二〇年六月九日定稿

大學時代

大學時代的畫剝落了
顏料還很鮮艷好的
可是剝落下來
就跟畫布沒有關係了

也就不是畫了
也不是砂子
也不是亞麻仁油
也不是塵埃
顏料一定程度上
就是卡在時間縫隙中
最委屈又最無賴的
一個人
一個角色

一個丟失王冠的王
至於畫畫的人
哦她正在餵奶
她小孩子鵝口瘡
除了逐漸脫落的睡眠
她什麼都不是

二〇二〇年十一月二十六日《創世紀》二〇六期春季號開卷詩獎

雨開始在水滴落下之前

「戰爭早已悄悄開打。」——尼爾・蓋曼

如何定義一場雨的開始
是山與天空轉為黔藍
鳥竊竊私語的惶惶時分？
還是雨鎚唰底擊響池塘

打碎美好倒影的一刻？
是第一滴水離開雲
開始向地面墜落
如子彈決然離開槍管
向陌生的胸口墜落？
還是早在水滴落下之前
在雲悄悄聚集之前
在風改變氣味之前
在蛙做出響亮而無意義的預言之前
在燕子揮動牠陰沉的雙翼之前
雨就已經開始

如何定義雨
是一點一點潮濕變深的塵土地
迅速擴散泥濘不堪的終於
是過早被擊落的花蕊與幼果
無法抵達夏季成熟的不甘
是轟然洗刷群山

是狂亂掃射埤塘
是視覺靜默刷白
是毛孔全然肅立
所有非雨的聲音均被壓制
唯蕈類昂首撐起一把又一把的傘
是漫長的根是脆弱的手勢張開千眼

避雨鷺鷥，囫圇
吞下一隻內向蚱蜢
那是雨時的小確幸吧
蚱蜢也本想等雨停的
只是牠也不知道
雨會在何時何處結束

安靜而明亮的房間結束
狼藉而蒼藍的山稜結束
蚊蚋呢喃的祈禱結束
雞群庸俗的歡呼結束

大水螞蟻失去全部翅膀結束
猶在枝頭的蟬尖叫結束
河流盈滿而魚群緊抓著石縫鬆一口氣結束
虹說著對不起我來晚了啊
結束
被擊傷了的野花
靜靜地凋萎結束
新開的花
不認識她

二〇二一年六月二十六日初稿
二〇二一年七月十三日定稿

詩人

潘家欣（一九八四—），生於臺南。國立臺灣師範大學美術系畢業，平面藝術與文字工作者。

著有詩集《妖獸》（逗點文創，二〇一二）、《失語獸》（逗點文創，二〇一六）、《負子獸》（逗點文創，二〇一八），藝術文集《藝術家的一日廚房——學校沒教的藝術史：向二十六位藝壇大師致敬的家常菜》，主編詩選《媽媽+1：二十首絕望與希望的媽媽之歌》；剪紙插畫作品包含《暗夜的螃蟹》、《童言放送局：日治時期臺灣童謠讀本（2）》、《虎姑婆》等。曾獲全國優秀青年詩人、府城文學獎，現在過著拼拼湊湊、斑斕雜色的斜槓人生。

詩觀

死去的動物標本在夢中復活，我安撫著牠們，餵牠們吃東西。
我說，我沒有忘記。
我沒有忘記我自己，我會讓剩下的心長出來，
我會活下去。

詩評

在一次由詩評人沈眠與Openbook閱讀誌共同企劃的訪問中，潘家欣表達了她對古代神話對自己生命的撞擊：「比如（閱讀）夸父追日，我的毛會豎起來，真的感受到人為了追求，可以變成多麼巨大的存在。」對於《山海經》裡的刑天，「讀完就哭，覺得他超帥，當時不知道為什麼。現在想起來，可能是我很早就對於神話所蘊藏的集體潛意識，有所回應吧。如刑天膽敢犯神的反叛意念，我相信是人類共同的經驗。」這一次的專訪標題定為〈充滿裂痕，而成為人〉，讓

我們想到杜十三的詩句「石頭因為悲傷而成為玉」。

潘家欣的三部詩集《妖獸》、《失語獸》、《負子獸》，可以視為一系列從神話、獸，身體變形，想像異化的愛的媽媽經，核心所在是一位有愛心的媽媽要以自己的想像、自己的美學，為孩子塑造一個專屬而特殊的成長空間，〈變態史〉的親子對話，不僅是溫馨的關懷，更該是想像的開啟與衍生，這其中當然包含了神話系統的「開天闢地」的勇氣，自立伸出獨角的獸的原始意志，可以做為代表（在形式的追求、語言的鍛鍊上，整部《失語獸》則負起了創意與實驗的衝撞）。〈胎記〉，其實也是身體變態的另一種思考，貼合她的詩觀的「我會讓剩下的心長出來」的生命毅力。當然這樣的愛的媽媽經，完全來自一個美術工作者的細膩觀察與畫面切割，〈雨開始在水滴落下之前〉與〈大學時代〉提供了停格式的歷史畫面。（蕭蕭）

王天寬（一九八四——）

普通的一天

天空普通的一天
不知道是何原因
彌賽亞降臨了
從天而降
但不知道是何原因
祂下降得很慢
像慢動作

一片普通的雲後面
可能藏了一位導演
安哲嗎
柏格曼嗎

對祂下達一個表演指令
要令教徒昏昏欲睡
令影癡迷醉

不知道是何原因
我有點奇怪地
和大家一起待在普通的一天裡
沒吃藥
沒折磨自己
看著天空
發現雲很普通

雲在飄
又或者不動
總之
沒有任何跡象
會變成動物或舊情人
彌賽亞那麼慢

讓祂有點特別
揮揮手把雲驅散
後面空無一人
這不是我早已知道的事嗎
下降得那麼慢
影癡都睡了
我醒著趕路
一位帶來普通救贖的彌賽亞

選自《開房間》（有鹿文化，二〇一八）

無題

凡自身的事
都是他人的事

遠處的海

終將臨近
凡此種種
海及自身的事
只可臆測
那塊石頭
被多少人敲打過
或者只是
被海送來
被在那裡
你沒有看它一眼

選自《開房間》（有鹿文化，二〇一八）

本事

後悔是你與生俱來的本事
你本來以為
這樣或那樣
會後悔
後來才發現不是
這麼一回事
用自己的名字長大
或長大本身
更像一回事

這首關於長大的詩
用火一節一節地燒
你像索引你的名字一樣

索引手上的刺青
像靜脈尋找正確的
針頭
你期待什麼在你的名字下面
一個半透明的女人
用一隻手
穩住你的脈博
你期待什麼

這首關於期待的詩
將火熄滅

選自《開房間》（有鹿文化，二〇一八）

正常的事

你還在教書嗎
教他們一些正常的

也教他們不正常的事
教他們名字
也教他們取代。
當他們在走廊上想起了什麼
你叫他們名字
他們就消失了。
在走廊上
你叫他們名字
也叫他們取代
叫住他們背影
什麼事情都想不起
就這樣你消失了。
你還背對著他們
教一些正常的事
一些不正常的事
在走廊上以及其它地方
你要他們名字
你要他們如何取代

以及被取代。

選自《開房間》（有鹿文化，二〇一八）

（？）

從甚麼時候開始
用句點取代驚嘆號
就能夠降低
濫情的風險

從甚麼時候開始
夾注號裡的句子
並非離題而是重點所在
從甚麼時候開始
子彈不再貫穿一切

防彈背心和心

越來越輕巧
越來越堅硬

從甚麼時候開始
河川整治變成政績
刪節號沒說出來的話
越來越少
一條清白與萬物無涉的河
從甚麼時候開始

「我愛你，與你無涉。」

我踏進千百條河
只留住流動本身

從甚麼時候開始
搖滾是一種精神
後搖是對精神的反抗

搖擺與身體無關

從甚麼時候開始
波羅的海不再屬於波羅
目的不被介係詞
保佑

從甚麼時候開始
問號都要置入括弧裡

選自《如果上帝有玩Tinder》（時報，二〇二〇）

詩人

王天寬（一九八四—），成功大學中文學系，臺灣大學劇本創作研究所。文字工作者。著有詩集《開房間》（有鹿文化，二〇一八）、《如果上帝有玩Tinder》（時報，二〇二〇），文集《告別等於死去一點點》，譯有《焰：加拿大傳奇民謠詩人李歐納．柯恩最後的詩歌與手稿》（與廖偉棠合譯）。

曾獲臺灣文學金典獎、林榮三文學獎、臺北文學獎、臺中文學獎及鳳凰樹文學獎。

詩觀

往往是這樣／身體總比心能去到更遠的地方／有時候／讓我們身心都更持久／更多時候／去到心也不想去的地方／而我們總是坐在這裡／說一些酒足飯飽之人會說的話／例如說／讓心引導你的身體／例如說／寫詩吧寫詩吧否則我們就迷失了／而唯心論大師黑格爾說：「衣食足，天國至。」／而歷史天使張著口，被風吹遠

詩評

王天寬於二〇一九年以第一本詩集《開房間》一舉榮獲臺灣文學圖書類的金典獎與蓓蕾獎，驚豔文壇，崛起於詩壇。他的才氣不止於詩，散文、小說與劇本創作同樣囊括各大文學獎。不拘泥於既有文類、文體與經典的創造力，讓他的詩充滿了奇思、狂想和後設思考。

王天寬的詩語言不以意象炫奇，而是使用冷靜、明澈的日常語言，以詼諧且又翻轉語言邏輯的方式，表現他對這個世界和人的存在意義的思考，如本詩選選入的〈普通的一天〉，他以彌賽亞降臨（下降得很慢），也沒有帶來甚麼改變，凸顯日常生活的平淡無奇；詩作的展開以著劇場（或電影）的劇情進行，最後發現，原來我以為藏在雲層後的彌賽亞，在撥開雲之後並不存在，而「我」只能繼續趕路。

〈無題〉、〈本事〉和〈正常的事〉則通過語言作為符號的多重意涵，符徵（signifier）和

符旨（signified）交互指涉，如「凡自身的事／都是他人的事」（無題）、「用自己的名字長大／或長大本身／更像一回事」（本事）、「你要他們名字／你要他們如何取代／以及被取代」（正常的事）。這三首詩都以「事」為本，探究日常語言的弔詭狀態及其互為詮釋，事是自身的，也是他人的；名字可被取代，正常與不正常同時俱在。語意邏輯的多重翻轉，正是王天寬詩作迷人之處。

〈（？）〉是王天寬第二本詩集《如果上帝有玩Tinder》的佳構之一。這首詩同樣聚焦於語言符號，且帶進現實社會的種種荒謬：「防彈背心和心／越來越輕巧／越來越堅硬」、「河川整治變成政績／刪節號沒說出來的話／越來越少」、「搖滾是一種精神／後搖是對精神的反抗／搖擺與身體無關」……，最後以「從甚麼時候開始／問號都要置入括弧裡」作結，呼應題目（？）。？既然裹上（）（防彈背心），當代社會各種議題的缺乏共識也就無足為奇了。這種巧思，解構了以意象為宗的既有詩學。（向陽）

任明信（一九八四——）

他把鞋子留在海岸

十七歲的海
是十七歲的

他還沒去過藍色草原
還沒遇見巷子裡的鯨魚

他的口袋裝著許多
美麗的石頭
都是愛過的人
送給他的

他走得那麼正確

始終不曾回頭

去過靜慢的生活

祂緩慢地替你開門
時間漫長
需要巨大耐心

但耐心是有用的
耐心會換來一方遼闊

生命
本質是遊戲
你要盡興
可以認真

二〇一五年

選自《光天化日》（黑眼睛文化，二〇一五）

但不能當真
願你有一天看穿

清醒地獨酌
不在意天份和機率

這個身體有它想做的事情
而你已經離那些很遠

去過靜慢的生活
像樹一樣照顧自己
擁抱塵埃
珍惜根莖
在任何地方都能夠長成

要習慣雨
而不是傘

當一個心地純粹的人
不被任意事物收買
讓智慧匹配你的年紀

只過靜慢的生活
離光很近
陰影於是顯得巨碩
願你也愛自己的陰影
如光愛你

你若已到達便無須再走

選自《雪》（大田，二〇一九）

雪

天空老了
落下他的白髮

有天你也會如此
失去一切

你曾經凝望愛人
以為那就是愛
你曾經觸摸花瓣
以為這就是花

選自《雪》（大田，二〇一九）

我沒有孤獨以外的方法

那是你早已聽聞的一切
早已知悉的一切

也許生命是夢
而死亡是醒
你曾渴求醒來

為此孤獨行走

山是溫柔的駱駝
默默背負流星，雨水和森林
海是你的血液

為了路
肉身穿過鎖孔
絞成鑰匙
唯有痛苦的時候
確定自己是真的

為了路
你曾做過最遠的夢
在那裡生老病死

你漸漸變得通透
可以愛情

你與你的夢
慢慢合而為一

你發現
當你愛的時候
你也是真的

這一路也許漫長無際
我沒有孤獨以外的方法
使你了悟
像草必須承受露水
才能靠近晨曦

我沒有辦法用語言告訴你
但是愛就在那裡

因為生命是音樂
死亡是聽

宇宙非常愛你

如果用一生
好好認識一片枯葉
幾世的積累
能不能讓我們了悟
一棵樹

向著光還不夠
還要折一小節
種在心底

你怎不走出門外
看看花蕊，浪沫
曬熟的棉被

選自《雪》（大田，二〇一九）

看看它們
凝望太陽的眼神

一個人活著
能辜負什麼呢
命運，抑或是機緣
一隻候鳥
能辜負季風嗎
像罌粟
覺得自己辜負了土壤
旱漠認為自己
辜負了海洋

哀愁，喜樂
悲傷，憤恨
這些你都不是
第一次遭遇
不需要把自己活成刀

如此痛苦啊
是因為你忘了宇宙
非常愛你

忍不住
真想死的時候
那就去死吧
那是宇宙在叫你回家

如果在躍下
鬆手，閉眼之前
還有猶豫的話
那就去活吧
那是宇宙在叫你放手

去玩

二〇二一年發表於臉書與部落格

詩人

任明信（一九八四—），高雄人，東華大學創作暨英美文學研究所畢。現為自由文字工作者，亦是催眠療癒師。

著有詩集《你沒有更好的命運》（黑眼睛文化，二〇一三）、《光天化日》（黑眼睛文化，二〇一五）、《雪》（大田，二〇一九），散文集《別人》。

詩觀

認同顧城所說：好的詩，是長出來的；壞的詩，是寫出來的。以為詩意的核是心，文字僅是殼。若能開放知覺，共感生活，日常即是詩，能否轉譯體驗，則是次之。

詩評

任明信像一位禪師，他有一顆「沉思者」的靈魂，彷彿歷盡滄桑因而有歷練人情的黠慧。他的詩具有開示的理趣，簡明通透。

〈宇宙非常愛你〉，從枯葉去了悟生，直面死才能得生之本質、面貌，同時喻示反求諸己，順從命運。詩中的問句很有思想，「一個人活著/能辜負什麼呢/命運，抑或是機緣」？命運若是天生成的，機緣呢，遭遇呢，念頭呢？詩人連結鑽探得也很出奇，他說「一隻候鳥/能辜負季風嗎／像罌粟／覺得自己辜負了土壤／旱漠認為自己／辜負了海洋」。又說，宇宙叫你回家，就回家；宇宙叫你放手，就放手。

〈去過靜慢的生活〉，也是人生哲學的抒發，表達生命要認真，不怨不羨，不受誘也不怕染塵。

〈雪〉這首短詩，藉季節變化的天理體貼人情。〈我沒有孤獨以外的方法〉強調個人的經驗、個人的了悟，既然有生，就有夢，而此夢又極可能是迷夢，是折磨不醒的夢，必須讓「肉身穿過鎖孔／絞成鑰匙／唯有痛苦的時候／確定自己是真的」；「因為生命是音樂／死亡是聽」，所以「我沒有辦法用語言告訴你」。

〈他把鞋子留在海岸〉則是一首情節殘酷的詩，題目即鏡頭，獨留鞋子在海岸成了一個驚悚的死亡意象。愛竟然成了裝在口袋讓他下沉的石頭，而他還那麼年輕，怎會那麼絕決？任明信的詩沉重而哀傷。（陳義芝）

羅毓嘉（一九八五——）

封鎖

彷彿在出生之前已見過整座銀河
且對世界感到失望了。習慣
在未能推開的高樓窗戶上
貼著臉且習慣並無人來將你我拯救
對吧——在閏四月的第一天
約定相見的滿月之夜
會是哪一個呢

終歸要錯過的愛
不過是你無目的的工作吧
而他們封鎖眼瞼封鎖不了眼淚

口罩封鎖呼吸像不久前才咬開了蒜頭
習慣在出門前點一根菸
現在
則在不能走出的門前
看著自己從鞋尖開始燃盡
遠方濕密的霧雨藏有黑細的針尖

也習慣了以針晷定時
習慣在夏季向秋天告別了，漫長的
閏四月春天啊——你還在聽嗎
梔子花有梔子花的幽靜
無人涉足的曬穀場上
已鋪滿了玻璃

從此我不再留意滿月了
畢竟豐盈也能是失約的藉口
母親們的願望
從來都清簡

從來都艱難，像生
以及死

然而死亡是可以被習慣的一件事嗎
今天會是適合放棄的日子嗎
在閏四月的第一天
我於封鎖之中端坐了
聽雨聽風
慶幸你還是我一朵火的蓮花

二〇二〇年四月

皇后大道中

今年我們能不能安靜變得渺小
像在去年的生日
焚燒你送的那支唇膏
搽上它並去吻街頭第一個遇見的人

今年的我們，能不能
像一隻倉鼠住進了抽屜
在黑色房間
堆滿黑色的靈感，黑色的安全

今夜的我們能不能在失速之前
就找到濕地的軟弱
讓我們最後一次望天空伸手
讓天空唱紫荊花的歌

雨來了就張開黃色的雨傘
若有滂沱我們便吃碗粥，夾塊牛腩
再展開對勇敢、智慧的論辯
自由，與思想的怎能封存

能不能讓風停止對土地的嘲笑
讓雨洗淨街頭刺鼻的煙塵

不幸的時刻有個不幸的皇后
總是嗅到瓦斯的氣味

只是每一隻手都在上升。
各自的手指，指向許多星辰的方向
能不能給它們一座港
讓遙遠的大船能夠駛了進來

明年的我們要低垂進土吧……
我擦了唇膏安靜變得渺小
在黑色房間撐開黃色雨傘
遙遠的大船它終駛了進來

另條街上還有人騎腳踏車
一條街上焚起了唇膏，紫荊，寫字紙
昨日的花叢騎出一位青年他騎車
搖搖擺擺
且發出吱呀的聲響

二〇二〇年九月

詩人

羅毓嘉（一九八五—），宜蘭人。紅樓詩社出身，臺灣大學新聞研究所碩士。現於資本市場討生活，頭不頂天，腳不著地，所以寫字。

著有現代詩集《青春期》（自印，二〇〇四）、《嬰兒宇宙》（寶瓶，二〇一〇）、《偽博物誌》（寶瓶，二〇一二）、《我只能死一次而已，像那天》（寶瓶，二〇一四）、《嬰兒涉過淺塘》（寶瓶，二〇一九）等；另著有散文集三種。作品多次選入年度臺灣詩選，以及《七年級新詩金典》、《港澳臺八十後詩人選集》等選本。

詩觀

是詩創作了我——拎著我冰涼的脖項背脊，張望這混沌焦灼的世界。香港，臺北，政治，民主，動亂。其實面對人生的巨大暗影我從無法計畫甚麼——是寫作計畫了我，是生活計畫了我。生活裡誕生了文學，誕生了寫作，我不能計畫它，但可以讓它透過我的身體我的心靈，折射出來。我和文學相互計畫著，意義與辯證，為了維持自己最底限的生存動力，而寫。幸而生活計畫了我，令我繼續寫詩。是以我能，我敢，持續著在每一個黃昏，在每一個不同的黃昏問著相同的問題，並尋求最簡單的回答——「今天你快樂嗎？」

詩評

異質、異色這樣的詞彙，或可稍為帶領我們進入羅毓嘉的異次元世界；異人、異稟這樣的視角，或可稍為緩和我們對羅毓嘉意象的震撼。

現代詩形塑的閱讀空間，已經是小眾的天地，即使進入的人珍愛無比，卻也無助於「眾」之擴增與加大。相對於這種大體積的臺灣社會現象，羅毓嘉所隨意揮灑的詩的意象圈，對於讀者而言確然是隔絕而陌生，有如瀑布之縱落懸崖不知去處，有如噴泉之違反水性且一無方向之可循，但有趣的是，追蹤者數量累積，異於大體積的現代詩壇。

香港，對臺灣讀者而言，是個既熟悉又陌生的地方，港與臺有著相同的膚色，卻是相異的語言；港與臺是類近的島嶼，卻是相異的經濟；港與臺同屬被殖民的地區，彼回歸與此光復後卻有著相異的政治。出生於宜蘭，成長於臺北的羅毓嘉，有著相當長的香港經驗，那是異地、異鄉的經驗，試看他的〈皇后大道中〉的香港氣味，殊不同於余光中的香港經驗，更不同於香港人的香港經、商業人的採購途徑，反而「能不能讓風停止對土地的嘲笑／讓雨洗淨街頭刺鼻的煙塵／不幸的時刻有個不幸的皇后／總是嗅到瓦斯的氣味」，那皇后不會是維多利亞，我們也不確然他的指稱，卻跟他一起嗅到瓦斯的氣味，一起轉換為「像一隻倉鼠住進了抽屜／在黑色房間／堆滿黑色的靈感，黑色的安全」。

〈封鎖〉的絕望感，有著我們熟悉（在未能推開的高樓窗戶上／貼著臉且習慣並無人來將你我拯救）或不熟悉的意象（彷彿在出生之前已見過整座銀河），卻有著我們期待的「情詩效應」：「慶幸你還是我一朵火的蓮花」。（蕭蕭）

崔舜華（一九八五——）

離群者

我無意願遠離，生長在夏初屋頂上的
綠色的孩子們，它們
肩併肩地推擠在磚瓦縫隙裡的一處
等候七月，午後的偶然之雨

雨是宿命果實
細小而分裂，溶入我軟弱的細胞核
命運其然，如一道無縫接合的窗軌
我在其上步行，踉蹌，狼狽地學習
倒立，去觸摸葉和藤和莖
每一朵無色之花，打開一整片雪地
滑順而無垠

它們接連一座城市
以及另一座
我從未抵達的車站
那些劇團，丑戲，盛大開幕
引誘我們躍下車廂
用身體，當作最後的行李
剃去鳶黑色的短髮
作為票券，交換一場日常的偶戲

我預備逃離——
但不離開。
遠方的友人抱著吉他彈奏著巴哈
在深夜，凌晨一點十三分
巴哈是鎮靜劑的藍織衣
我建議他嘗試拉威爾
波麗露，那白色的無盡織邊的綢布

我願他從皺褶中抽身
友好地擁抱，彼此推開肩膀，錯身，輪流飲咖啡
很久很久以前買過的玻璃雪花紙鎮
我記得那家店，錯位在A街與F巷之間
它曾鎮定我破亂的窗簾和損壞的筆畫
像如今的我的臉孔，像我親手割破的畫布
一切事物因力圖拼湊而逼近了完整
我出借玫瑰的鼻腔，在夏夜裡拉開窗
聽他人的腳踩踏一點點蕭邦

原載二〇一九年《字花》雜誌

午前

我依舊一再驚嘆於
秋天，月夜祖露它懷中的葉片
讓它們似銅斑色的小舟滑落
在孤寂的公園

袖珍的草地之海
事物的處境如往昔般令我心折並
深切迷戀上城市庸俗豐腴的景觀：
熟爛蕉褐色的霓虹招牌
腿骨折斷的塑料傘
碩大的噴漆盲蔽牆孔的眼睛
黃昏時擁擠著肩背尖叫的少女
我決不羨慕她們的年輕——
青春無稽
我太清醒
十一月的軸心
僅僅是風
流轉於草木的睫梢
竄跑奔跳於每一道仄巷與每一小塊碎裂
人罕路經的石磚地
掀起幾不可聞的安靜的風暴
但我看見——陸上微杳的波濤

祕密搖撼著女人甫洗淨的長髮
她毫無知覺，逕自撫平洋裝的下襬
一些特殊的矜持在此浮現：
十一月
我豢養的魚群盡數斷氣
窒息於太濃烈的水藻之愛
貓則挺好
終日飽食、打盹
跳上箱子端凝窗外空氣裡
奇妙閃爍發光旋轉的塵埃雨
烤透的甜栗在熱鐵中滾動
引動毛毯、棉織品和亞熱帶的慾望
那香氣使我想重新剝開自己的善良
做最後一隻蛻謊的夏蟬
早晨，按著大樓門鈴的郵差來訪
我對他微笑、寒暄、問候辛勞
已是我所能贈與的極大——
萬物包含於一隻午前抵達的包裹

紙袋即宇宙
我拆卸簌簌作響的星系
露出色澤光美的物質性織裡：
一張畫著星空的毯子
恰好披在椅子上（室內唯一的停憩）
坐著讀一點書，喝茶
感受布料細如貝卵的優美的摩擦
在我之內，愉快的受孕
關於第三種可能

寫於二〇二〇年

交談

我與一名老婦交談——
「養育妳的孩子，是全然
全然地錯誤」——
她胸前的珍珠項鍊激烈地

顫抖，如斷尾的獨蜂
胸肋間斷起伏如慢浪
其中，最沉最白的一顆，被她的左掌緊緊
緊緊握住
彷彿那是
她最後出席的華服——

數十光陰枉費
她用沉鈍而潔白的心
教養小孩：
天寒添褥，溽暑造冰
但她清楚自己並沒有養育過
任何一個，以更好的方式
僅依三餐，吞食世界的脂肪
豐腴的鯨肉，大麥，艾草和乳
我走出酒吧，晃蕩在街上
不歸的夜蛾試著找我茫子

用牠銀色多粉的頭頂
撞擊我的肩膀和脖子
企圖使我沾惹黑夜——
但我正走向黎明
而她有所不知
那沉重白瑩的心在我的口袋裡沉睡
像一個嬰兒在大雪盡處安息

原載二〇二〇年《乾坤》詩刊

春天已經很晚了

春天已經很晚了
翠鷺立在他應有的牆頭
從一道灰貓的拱橋上
跳過兩段弦樂的章節
窗裡的耳朵從睡眠中張起
萬事無由而定

眼看木棉落盡，遍地
瑪瑙的小瓷足夠我養今日的觀音
物物皆教我遲疑
因稍微地遲疑而心碎：
白狗，墨雲，遠遠的霧來的潮氣
迎風招搖的一截藍襯衫的袖子

小巷的雨下在你側臥的肩頭
你的肌膚光滑，你的容顏安詳
薄毯簇擁著裸示的單膝
像讀了一半的書裡
掉出來的一隻密籤
面諭我勇敢，誠實，無可疑懼
但春天已經很晚了
鷺立在我草草寫完的句子裡
貓踱過他註定喜歡的那條巷

原載二〇二〇年《人間福報・副刊》

詩人

崔舜華（一九八五—），曾獲林榮三文學獎、吳濁流詩獎、時報文學獎。有詩集《波麗露》（寶瓶，二〇一三）、《你是我背上最明亮的廢墟》（寶瓶，二〇一四）、《婀薄神》（寶瓶，二〇一七）、《無言歌》（寶瓶，二〇二二），散文集《神在》、《貓在之地》。

詩觀

身為一個寫字的人，其實我並不相信語言，我僅僅是欲透過語言的渠道，去碰觸我所能握取的真實、意義、世上一切的愛與荒涼。然而，同樣地，身為寫字之人，我仍是企盼創造獨屬於自己的風格、標幟、簽署，我將自己暗渡在其中，又同時抽離出世。我想，詩也許亦是如此，詩既是烈風，也是雨水；是炙日，也是冰雪。而我們必須終其一生迢迢地以貓步度過詩的荒原，因為我們總得相信，在荒原的盡頭，存在著某些甚麼，值得我們畢生跋涉。

詩評

崔舜華的詩不易解說，但實有迷人之處。不易解說是因她神遊神思於生命的複雜不安，場景往往鎔接，情節迷離；迷人之處則在能將庸俗的日常事物幻化成清新奇異的意象。

〈春天已經很晚了〉最能代表崔舜華抒情聲音之美、之精緻，一位女子聽翠鶯啼鳴而醒，感嘆春晚，念及一個舊日的情景，小巷的雨下著，睡中情人的肌膚光滑，容顏安詳，單膝露在薄毯外，「像讀了一半的書裡／掉出來的一隻密籤」。但春天已晚，鶯啼只能是我所思，寫成詩句，貓已踱過……。

〈交談〉，情節像極短篇，談如何養育，不僅是衣食供給，詩中一直出現「沉鈍而潔白的心」、「沉重白瑩的心」的意象，那是詩中「我」的體會：感知「老婦」那一顆心，終能使我不沾惹黑夜，「像一個嬰兒在大雪盡處安息」，純真如赤子，潔淨如雪。

〈午前〉，從入夜描寫到第二天午前，月亮如小舟，草地如海，內心有「幾不可聞的安靜的風暴」。用「烤透的甜栗在熱鐵中滾動」表現慾望，既有裸裎視覺又有香氣，最是崔舜華的筆路風情。

〈離群者〉應是掛記遠方友人的詩。最後兩節感官豐盈，末三行「一切事物因力圖拼湊而逼近了完整／我出借玫瑰的鼻腔，在夏夜裡拉開窗／聽他人的腳踩踏一點點蕭邦」，心思探向遠方，無限深情。（陳義芝）

波戈拉（一九八五——）

我是一只耳朵或者更多

你如何能不記得
我是一只耳朵或者更多
我是，眾聲之複寫
繁憂的居所。但我僅是
一只耳朵，或者更多
假使你拼讀一個字：「葉」
依此我能感受樹的呼息、根的
纏繞，年輪自腦內形成
季節在體內枯榮
你如何能不。記得我
即溶的，我是一只耳朵
聆聽每顆水滴在雨裡發問

在你的內心敲擊與沉落
當我是一只耳朵，附著
附著於兩頰而無法視見
你如何能不、能不遺忘
如何能不記得
我彷彿風化的耳朵
聽覺的細沙
侵入你每一個毛孔
如何能、能不記得
一只耳朵，準時在睡前
當你前往夢境的途中
聆聽你的鼾聲飛行
故事從我的聽覺降落
當我恆在你
與無數個你之間
感覺死亡以及時間的流動
你如何能不記得
我是一只耳朵

或者更多

寫於二〇〇六年
第二十九屆聯合報文學獎新詩首獎作品
選自《痛苦的首都》（木馬文化，二〇一三）

自己的房間

有過一個戀人。睡眠中
你任意竄改我的基因
使我們的愛情及早誕生
而憂傷在眉目間老成

有過一種刺青
彩繪於肚腹美麗的妊娠
我知道你會輕輕，盜版我
幸福的想法，以及我的噩夢

複製我的面貌與眼神

有過一段時間，祕密
窩在你的體內結繩
看著你陣痛、剝落，排除我
彷彿一枚顫動的句號。
發出深沉的母音

有過一格房間
我的身體內築有另一格
房間，每日為你空出
以便你定時前來租賃

寫於二〇〇七年

選自《痛苦的首都》（木馬文化，二〇一三）

盜賊的本領

我常幻想你摸黑走進
走進心的房間
拿走這些
拿走那些
（聲音指紋習慣諸如此類）
最後，連自己
你也沒忘記偷走；像個
記憶的慣竊
隱密、冷靜
永不厭倦

寫於二〇〇九年

選自《痛苦的首都》（木馬文化，二〇一三）

女媧的祕術

「引日月之針，五星之縷把天補。」

——盧仝〈與馬異結交詩〉

我甚至不惜
引日月之針，五星之縷
縫補整個星球的外衣
為我待嫁的衣裾，我甚至
不惜私接宇宙的倒影
裁成裁成、夜空的紋鱗
晨曦的蕾絲
我將徹夜不息
無有怯意，披時間的婚紗
為我們。
愛，與心兩者

逐一蔽體

母親的紡織我的音節

　　　　　本是可以穿引
以母語、裁剪出相似的骨肉與血
細密接縫的生之意念
仍為我製量
衣：本是可以禦寒
也可以隱現
藏於內外之間的冷暖
　　　　你親手指點
我本是易感的繡……
或者延伸

寫於二〇一一年

選自《陰刻》（木馬文化，二〇一七）

為袖：原是觸摸世界的手腕
也是你姓名的鏽，鏽你
日漸空蝕的歲月
變換我人生緜長的絲線

本是你織就的——
一顆及胸的鈕扣。是一副
強壯的心，眼
端詳、惦記整個世界
一顆及領的鈕扣是一只孤獨的句點。
吞，而未吐；為之語塞的心事
他者武斷的語言

而我本是，你為女子的本事
愛與繁憂、兩面
皆在掌上翻轉
本事可以相傳……
如果我是分秒，如針

補衲青春
你是時間的破綻

寫於二〇一五年

選自《陰刻》（木馬文化，二〇一七）

詩人

波戈拉（一九八五—），生於高雄，世新大學中國文學系畢。著有詩集《痛苦的首都》（木馬文化，二〇一三）、《陰刻》（木馬文化，二〇一七）。詩作曾獲自由時報林榮三文學獎，時報文學獎，聯合報文學獎，教育部文藝創作獎，優秀青年詩人獎等。

詩觀

以「陰性書寫」此概念完成，除將聲音有機地安置在兩本詩集內。《痛苦的首都》以表現能力、系統性為主；《陰刻》則以留白方式來賦予想像，互為顯隱。兩本詩集內也多處使用引句增加文本與詩本身相互對話、回應的多樣性。誠如法國女性主義西蘇所說：「如果一個文本非常強調聲音，聲音與書寫互相交錯交織，那麼這個文本就算是陰性文本。因為她認為所有的陰性文本都可以聽到一個聲音，這個聲音的源頭便是母親。」

詩評

波戈拉追求詩的熱切，令人感動。他自述筆名由來：「波」指法國詩人韓波，「戈」是印度詩人泰戈爾，「拉」是美國詩人席維亞·普拉絲。兼取不同風格諸家之長，正是他自我鍛鍊的苦心，也因這苦心，使他的詩十分純淨、練達。

〈我是一只耳朵或者更多〉，這句式頗奇特，再三出現，增添了韻律感，「耳朵」與「更多」明明不同，卻因音諧而拉近，產生新意。不管是一只耳朵或更多耳朵，我都渴望聽到你，弱水三千我只取一瓢飲，你如何能不記得我。「你與無數個你之間」的說法頗妙，你是唯一，也是茫茫人海幻化出的無數，這和「一只耳朵或者更多」的語式，都令人叫絕。

〈自己的房間〉描寫情事經歷，追憶過往愛情的折磨、憧憬。在自己體內為愛保留「一格房間」，保留永遠的渴望。

〈盜賊的本領〉寫記憶被盜，「你」這個角色太突出了，這是波戈拉對「遺忘」的奇特寫法。

〈女媧的祕術〉，則傾宇宙之功為愛織衣，也是一首渾然天成之作。

〈母親的紡織我的音節〉，其題旨是人倫牽繫，不僅著墨於母親的骨與血、我的心與眼，也表現了歲月在生命傳遞中的消蝕。

波戈拉的詩很講究聲音，在他這一代或更年輕世代詩人中，這是一珍稀特點。（陳義芝）

廖亮羽（一九八五——）

看不見的房間

即使此刻城市已經卸妝
高跟鞋仍在腳底，擠壓日子的腳趾
動態已經擦去粉底，青春毫無血色
我們仍在臉書留下眼影
勾勒最桎梏的語境
那則更新的相片關係
物證玻璃窗的字跡
關燈逝去

只見月光猶在湯盤，掩映三餐
舉起湯匙、猶豫、放下，一勺的日子
加重一勺的鹽，讓時間轉鹹

我們跑步、流汗，排出眼淚的重量
試著牽手、爭吵、做愛
驅趕生活的蚊蚋，來回叮咬著疤
也許是反覆妥協的癢
人生收納起來，只剩口袋

我們越過人流馬路，不斷暫停
窮困在紅綠燈，數計期待與失落
耗盡理念的書包
學習斑馬線的劇情
演出一個人的影子
重覆另一個影子

進入彼此看不見的房間
在鏡子裡看見父母的陰影
在水窪裡看見自己
由泥淖的表情誕生
從另一張臉結束

沒有人說很容易

二〇一三年十一月六日

原載二〇一四年五月五日《中國時報・副刊》

無主之地

雖然的確不安和徒勞
沿礦苗凋萎的路徑，以金屬碰撞
靈魂的高溫，直到火花侵蝕夜景
照映朝陰暗處挖掘的沉鐵
在冰冷鑽岩頑抗下
既不是破碎
也未完整

也許幾次後悔
徒然將信物投入洞窟
被棄的恐懼是這樣

從惡夢的祕密開始
荒地的沉睡像掉入蔭影
以蕨類覆蓋的罅隙，絕望地懷疑
穿越這片脈礦的意志
泥濘，危險，難以偽裝

最後礦藏如實留下
礦井裡的骨骸闃黑，貧花虛空
因為棄土的荒涼而無法腐爛
只有不敢想像的天賦
才能接近那裡
縱橫交錯的坑道
如心的縫隙——
駱駝和鞭子偶爾遭遇
隨即分離，黃沙動搖的
無主之地

二〇一五年七月十四日

原載二〇一六年三月二十日《自由時報·副刊》

邪念之地

是夜，北城一片大火
獸影與異鬼奔竄
夾雜逃了也無法倖存的人
你帶著一隻小獸轉身
後方有萬千鬼魅追趕
前方是諸神的夢魘——
群妖將惡靈放生，你感到惡念
在心底悲涼地竄起
一具絕望的焦屍險些將你絆倒

曾經傾軋扭曲的城
此刻，陷落在烈焰的墳場
從成堆陌生的屍骨，恨意
疊在一片空洞的焦土

他們曾經惡鬥，彼此燒灼地怨恨

未曾離鄉，你從小就被擄走
一個被他們綁架的孩子，像流沙表面
毫無生機，在盜匪的慾望中成長
在首領的語言中習得欺詐
與共犯劫掠的財富
換得官位、權勢，在你的故鄉
只有更多的，不必遮掩的
盜匪與騙徒，沒有減少過的衰敗
與恥辱

成群的毒蛇地鼠四散奔逃
那時，國家將背上的你丟下
你攜著負傷的小獸像那場大火
以瘴癘瀰漫的深度
陰鬱地憤怒
尋找庇護的時候，濃煙高溫

已在傾頹的學院裡等候
在月光拉扯船隻的河面，黑夜即將斷裂
你不捨切斷纜繩，在崩塌的角落
讓良善離岸，載著最後的人
渡向腐爛的大陸，船底黏附水草
瘟疫、噩夢以及荒蕪的人性

二〇一七年五月二十日

原載二〇一七年十二月《創世紀詩刊》一九三期

失序

從來未曾渡過如此濕冷的夏季
我們一起穿越鴿群、噴泉廣場、電車、
外套圍巾。當一個燥熱冬季你來信
恍若一場打亂四季的隱喻
我著迷的帶著T恤地圖相機

想像遙遠的熱烈的溫床——柏林
你以雷電的姿勢誘引，整座城市
迷走著時而寒冷多雨
時而豔陽的腳印

「不能失去秩序……」你說
那道牆依然屏蔽道德與人心
拆毀的壁壘不斷復活我們周圍
所有的語言都不足以倒映
岌岌可危的性與和平
涉及一齣宿醉後的合為一體：自由陷入
牆內牆外再定義，平等博愛的問題
我們在紀念碑裡找尋和解路徑
趨近碑上失去的俘虜名姓
破裂文明競相擔任圍牆的遺跡

我恰巧凝視著這個世界，凝視著
這座城與那座城的青年相仿墮入

華爾街指數的指掌中
以學院捏塑疲憊的學歷……
他們的父母同我的父母疑似同黨
信仰一致神化某個諾貝爾經濟學家倡議
全球化失業率，如同漢化的家鄉
未來混亂焦慮，我與我同學恰巧摸黑走進
金融海嘯搭建的新集中營
「或許他們會死在那裡，而我會好運的
在集中營等到機會活下去。」
每個拿了鑰匙闖進來的年輕人
總是賭徒般的向上帝或死神回應。

還有一些理想奔波的蹤影
印證挫傷的典律。也許你會瞥見
我的白髮還未隨夢境爬上兩鬢
但時序已彷彿老人，按時服藥生病
是早冬的身體，青綠時跳過秋季
讓盛夏菩提樹下大街凋零

在幻影和絕望的節慶，流放了
造在島嶼的墓地，你從不相信
延伸的黑夜無法治癒。縱使我隨燭火
步入大教堂的地下墓室
放下一支琴

如果我傾聽著這座城的聲音
那也是為你，學會安靜

二〇一七年七月十七日

原載二〇一七年十一月十三日《鏡週刊‧鏡文化》

寄生

日蝕後太陽漸癒
光線彷若神明
光的膨脹，涉及歷史
擅於捏塑影子

由光的自滿誕生
黑影吸吮土地光譜
壯大末世

年輪的末日
不僅樹蔭
朝老樹閉攏
收容爬行著的黑影
他融入枝葉之中
感染林地無光的路

攀附吸汁的蚜蟲、粉蝨
以及介殼蟲，呼吸的反噬
文明的氣孔萎縮，
人類枯萎與變形
身上葉片盡數掉落
遁逃的黑影準備過冬

如同群樹消失
欺敵是一貫詭計
暗影祕密地潛入肺葉
在那死神貪婪的騙局裡
他侵佔生者
幽禁靈魂的光
直到細胞投降於
闖進的癌

二〇二一年五月八日

原載二〇二一年七月二十五日《聯合報・副刊》

詩人

廖亮羽（一九八五—），花蓮人。風球詩社社長，風球出版社發行人，全國大學巡迴詩展策展人，全國高中巡迴詩展策展人。

詩集：《時間領主》（斑馬線文庫，二〇二二）、《Dear L，我定然無法再是一隻被迫離開又因你而折返的魚》（風球出版社，二〇一一；花蓮縣文化局，二〇一二）、《羽林》（風球出版社，二〇一一）、《魔法詩精靈族》（新北市政府文化局，二〇一〇）。

入選：二〇一〇、二〇一三、二〇一五、二〇一七《臺灣詩選》、二〇一一《現代女詩人選集》、臺中文化局《花蜜釀的詩——百花詩集》、新北文化局《詩說新北——新北詩人詩選》、《二〇一四創世紀詩刊六十年詩選》、《二〇一六乾坤詩刊二十週年詩選》、香港《二〇一七字花十年選詩歌卷》

主編：《臺灣七年級新詩金典》

策劃：《風球詩人選集——海圖》

發行出版：《風球詩雜誌》第一～十一期、二〇一八～二〇二一《風球詩社詩選集》

獲獎：全國優秀青年詩人獎、花蓮優秀青年獎、真理大學傑出校友獎、後山文學獎、嘉義桃城文學獎。

詩觀

真誠的詩，對作者自己來說，都是好詩。

像一把手術刀般地看待自己的詩，解剖自己寫詩的能力，認識自己寫詩的極限，對我是很重要的事。

詩評

廖亮羽是位劍及履及行動派的詩人，十多年來透過風球詩社不間斷舉辦大學詩展、高中詩展、各地讀詩會，揚起的青春波瀾深入島嶼各個地區。對她而言，詩即「時間領主」（time lord），詩社是她的「塔迪斯」（TARDIS），此塔迪斯是連映一甲子的影集《Doctor Who》中的時間機器和宇宙飛船，能抵達任何時間空間點，它的內部要比外部大，想有多少大就有多大，又變色龍般能融入周圍環境。廖亮羽的熱情即搭著塔迪斯，透過詩，實踐了現實中不可能的可能，影響了眾多年輕的愛詩人。

但她的詩卻不想討好讀者，不願單純地停留於抒情，更在乎表達她對世界的追問、人性之極限，其關注之議題聚焦於病、死、末日、行旅等命題上。〈看不見的房間〉寫走不出社會制約如房間困住年輕人的境遇，「青春毫無血色」、「人生收納起來，只剩口袋」、「演出一個人的影子／重覆另一個影子」，如有交往也只是「進入彼此看不見的房間／在鏡子裡看見父母的陰影」。〈無主之地〉，是她的力作，此詩是藉探礦、挖礦、棄礦、離礦的艱辛過程，影射對世間一切難以盡知的形而上或形而下事物，如時間、真理、人性乃至整個世界之探究，其難度和不可能一如面對礦脈的難以真確掌握。〈邪念之地〉寫邪靈四竄乃窮困者常遇現象，「逃了也無法倖存」，惡運與惡念惡靈並生，句句充滿悲涼。〈失序〉寫未老心先衰的末日心境，〈寄生〉寫肉體的不可倚侍，死亡總如「暗影祕密地潛入」。「末日書寫」成了廖亮羽詩中最龐大的主題，或人性之末日、城市之末日、或野心之末日，觸及面甚有歷經滄桑的哲意。（白靈）

吳俞萱（一九八三——）

回家

誰哭過
把濕透的衛生紙放我口袋？

父親來了
囑咐我看守一串荔枝

誰把光線
扭暗了？
一張床出現在我身旁
父親躺臥其上
面目模糊

我不敢看他的臉
任他逐漸暗去
成一塊覺醒的黑石
散發最深的光線
與黑暗同源

妹妹走進來
抱怨她的冰淇淋
融化了在撕開包裝的瞬間
我試著安慰她：有一隻狐狸
為了心愛的男人
被一隻獵狗咬死

妹妹不哭了
又或是淚流滿面
我不敢看她的臉
也沒有問
任她逐漸暗去

成一塊沒有稜角的晶體
手腳併攏
睫毛長長垂下
覆蓋雙乳

不知道什麼時候，母親
已躺在床的另一邊
穿上還沒褪色的花洋裝
伏在黑石之上
任脊骨輕輕擺動
一條正午爬行的青竹絲
不畏烈日

漂泊了多年，老的老
死的不能再死
我們一家四口終於團聚
我為他們剝殼
我們曾愛

荔枝的肉
滿手汁液流淌

當我想起，哭的
不是別人——
我在黑得不能再黑的房間
舔去光線

選自《交換愛人的肋骨》（逗點文創，二〇一二；斑馬線文庫，二〇二二）

生活在巴黎

1、聖母院

我左邊的長椅
坐了一個鐵灰色的老人
他望著夕照慢慢把枯枝折彎
他不看聖母院一眼

我側躺在他右邊的長椅上
把尖塔看得愈來愈斜

我們都在枯枝下
等自己或別人的嫩芽
冒出來

2、羅丹美術館

大自然的剪裁有一種無心的完整
即便完整卻破碎沒有核心

我想躲開自然的風景
去看加萊市民的沉滯——

當服從無法穿越自己的命運
面對黑暗也顯露出深刻的求索
這樣艱鉅的訣別

消滅了眼前的一切自然

3、聖心堂的街頭畫家

為我們塑模
在目光環伺的最表面
不去過度解讀內裡的紋路和細節

如果解讀，如果承受
他們的筆尖或許無法輕顫出一道輪廓

有那麼一刻
我們與他們都錯覺可以獻出自己的真實
卻在微乎其微的下一刻
毅然地回返邊界之內

於是，一場騙局
一場騙局地
被日光的街頭默許

4、巴黎鐵塔

我難以趨向一個封閉的符號
當我還找不到遷居進去的理由

所以我一直抗拒走近
只想與它維持著遙遠的距離
遙遠，是獨屬於我們之間的

但我在離開巴黎的前夕
趁夜走向了它
看著螻蟻般的人影
以向上攀爬的方式來圍捕它
也圍捕他們自己對於這座城市的遐想

如果我能再次趨向它
那是因為圍捕與擁抱趨向了彼此

選自《交換愛人的肋骨》（逗點文創，二〇一二；斑馬線文庫，二〇二二）

愛情常態：餵養

初經過後
女孩都會有隻狗

前天，我的狗來了
是隻鬥犬
三條腿瘸坐在門外
我還來不及回神
此刻牠已經趴在我心上
聆聽我最可恥的願望

我嘗試想起菩薩的臉
這樣我才可以伸出手
摸摸牠空掉的第四條腿
叮嚀牠餓了往夜裡跑

把一個女孩的狗鬥垮
啣著回來
你千萬不要踐踏別人的草皮
如果踩壞了
不要自責
回來之後躲進我的心
你再慢慢把牠吐出來

咬牠一口
就拿我的心餵養牠的飢餓
咬爛我之前
你們可以繼續纏鬥
然後合養另一隻狗

選自《交換愛人的肋骨》（逗點文創，二〇一二；斑馬線文庫，二〇二二）

演出

戲間有一幕
模擬下戲
我們走到舞臺邊
一束光圈外面
用最大的力氣，模擬
不用使力的樣子
連空氣的浮動
都不能改變我們的神情

非常專心地
把散漫表現出來

在黑暗之中
創造可見的細節

比在光線裡
還要困難
我們加倍努力
虛構一個假象
不被看穿

連我們自己
都陷入一片錯覺
不明白對方
為什麼一轉身
就把現實踩在腳下
彷彿生活
只是謝幕時從天而降的
一塊紅色布幕
而布幕前後
沒有分別

每個人都心知肚明

表演
是為了忘記
沒有一刻能下戲收工
永遠面帶微笑
即使
在黑暗之中

選自《沒有名字的世界》（逗點文創，二〇一六）

歐姬芙的白色玫瑰

在她前來的那些時刻
我還不知道我會數度落淚

匱乏的緣故，她說
她相信一次大的崩落
能清出足夠的空間
累積歲月

用盤旋的方式嗎？
她對我的提問
不置一詞
她在房間的三個角落
分別掛上鏡子
需要，她說
走得更遠
把自己藏得更深
所有的接縫
都要佈下陰影

她離開之後
香氣來了
空間慢慢塌陷
摺出一朵白色玫瑰

多想告訴她

一個消失的點
因為不可觸摸
變得神聖

選自《忘形——聖塔菲駐村碎筆》（自印，二〇一九）

詩人

吳俞萱（一九八三—），生於臺東。成功大學中文系畢業，臺北藝術大學電影創作研究所肄業，兩度前往日本參與大野一雄舞踏工作坊。

著有詩集《交換愛人的肋骨》（逗點文創，二〇一二；斑馬線文庫，二〇二二）、《沒有名字的世界》（逗點文創，二〇一六）；詩文集《逃生》、《忘形——聖塔菲駐村碎筆》、《死亡在消逝》。策劃「交換愛人的肋骨——詩歌跨界展演」，臺北市立美術館邀請製作「沒有名字的世界——用身體寫詩」。

曾獲選東華大學「楊牧文學研究中心」青年駐校作家、原住民文創聚落駐村藝術家、美國聖塔菲藝術學院駐村作家。二〇二二年夏天從花蓮的阿美族部落移居美國，就讀印地安藝術學院創意寫作研究所。

詩觀

我對隱而不顯的真實，有一種欲望。欲望將真實鑿開，住進裡邊。置身漆黑之中，等待每一個字消散意義，我能碎掉，更碎一些。在一切事物和空無一物之間，我逐漸形成、終將到來，在罕有的時刻，浮現第一個字。

詩評

這是一位想把生活過得像詩的詩人，至少是不斷追索如何回到本真的詩人，她是詩的游牧民族、靈魂的吉普賽人，世界有太多「封閉的符號」皆由男人創建，她總試圖不在其內，進入黑暗或溶入黑石是她的嚮往，在其中她更易看清一切。她的詩是清泉，源自原始部落或黑洞，當你伸手看不見五指也不再嚮往光時，或能稍有領略。

〈回家〉是回不了的家，不需要回，隨時可在心的黑房相聚，其中悲傷喜樂共聚，家人出現的方式類似夢的魅劇，詩中的黑石、青竹絲、冰淇淋、狐狸、獵犬或值心理學的分析。〈生活在巴黎〉寫巴黎有其深和淺、表和裡、暗與光，是雜揉了文化與自然並呈的世界都心，作者透過四帖試圖貼近，第二帖〈羅丹美術館〉最深刻，透過六位加萊市民的勇敢讓「有一種無心的完整」「破碎沒有核心」的大自然都自動退卻，「當服從無法穿越自己的命運／面對黑暗也顯露出深刻的求索」，直指人性核心。〈愛情常態：餵養〉寫青春期身心受荷爾蒙驅使而生各種難以自控的變化，好像餵養一條有缺陷的狗，彼此難以棄養，經常「來不及回神」「已經趴在我心上／聆聽我最可恥的願望」，因此不得不「拿我的心餵養牠的飢餓」，說的是難以役使、生理我與心理我的衝突。〈演出〉表面說的是易謝幕的短戲，想說的是不易謝幕的更漫長的人生。〈歐姬芙的白色玫瑰〉每一朵都是她自己，一般人連一朵花均不曾細觀，更不要說「一個消失的點」了，「走得更遠／把自己藏得更深」，走進自己成了吳俞萱詩及其生活的最深追求。（白靈）

楊智傑（一九八五——）

阿俊

小寧，假如我們再次道別
而仍心有所愛
像舊識一樣攜手穿過

這沒有港口的島，無夢的公民——
國境線在雨中後退。二〇一六
我們繞過圓環
將生命置於一切熙攘的低點
舊路口、新建案、下班時段的黃昏
當鎏金的霓虹裝飾水門，低頭或者仰望

熄滅我們的都是
同一場雨
（夏日從明亮到黑暗）燒灼的
仍是同一顆心。二〇一五我在一個新世界
翻看舊相片
在抽屜深處找回妳
去夏的背心、分開旅行的計畫
（這結局，我明白）
嘲笑自己感傷的刻意……二〇一六在島嶼邊緣
有人推翻一個政權，而我枕著石塊
看海面
夕陽靜靜落下（筆直的）
便感到十分幸福，二〇一七，我仍愛著

像知足的盲人
仰望星空
就假裝不再一無所有——

小寧。

是這樣，將生命置於一切熙攘的低點
一切便都是高處了
像銀碗邊，千萬顆墜落骰子

下好離手前
我們都閉上了雙眼

（許一個明朗、潔淨的人生吧）

讓水門的晨雨，抹去個人
歷史的動線……
天亮了。大風中慢跑者，靈魂輕輕

滲出汗珠
而我們終會明白
所有無故缺席的
都是，為了明日的重逢
為那，永不到臨的二〇一六——

二〇一六年

選自《小寧》（寶瓶，二〇一九）

愛

美麗沉靜的牛奶，過期的穀片
知曉一切到
最後

就是暗微的日光
蜜蜂飛出電視。比時流更輕的吊扇
打開海浪
雨水
按編號埋進永恆

你、我，也隱居在死亡的口袋裡
快樂的
像一些名不見經傳的寶石

最後的閃光——
世界的鑄造廠正嘈雜

原載二〇一八年七月二日《自由時報・副刊》
選自《野狗與青空》（雙囍出版，二〇一九）

願我們一生的份量

調暗自己喪禮上燈管的亮度
有可能嗎？

金魚展翅大街，貓兒長滿鱗片
挽回神佛
鑄下的大錯，有可能嗎？

有可能嗎？原諒一枚官僚長相的月球
矯正雨水那渙散的價值觀

夜半失眠的百萬富翁
靜靜環繞
黑暗中一只蚊子

「有可能嗎？」
「有可能嗎？」

願我們一生的份量像彼此的月光。

二〇一九年

選自《野狗與青空》（雙囍出版，二〇一九）

謎

死亡即船王
收養了懼溺的小孩

相愛
即把脫去衣服的人稱為傍晚

記憶：深海裡的雨滴

黑暗中
微弱的通訊
遺忘——以鷹架組裝飛鳥的天文學
而詩歌，這下跳棋時不斷經過我
懸空的
忽明忽暗的金手指……

（這
最後的一步，唯你我不可能一起完成）

選自《野狗與青空》（雙囍出版，二〇一九）
入選二〇二〇年臺北詩歌節詩選

詩人

楊智傑（一九八五—），生於臺北，有詩集《深深》（風球出版社，二〇一二）、《小寧》（寶瓶，二〇一九）、《野狗與青空》（雙囍出版，二〇一九），曾入選臺灣詩選、文訊

《二十一世紀上升星座》一九七〇後臺灣作家作品評選等，任德國柏林文學協會駐會作家（二〇二一）。

詩觀

德布西（Claude Debussy）說他正創作的音樂只有二十世紀的孩子聽得懂。我們的呢？

詩評

楊智傑的想像力很猛，帶著超現實況味，諸如〈謎〉說記憶是：「深海裡的雨滴／黑暗中／微弱的通訊」。〈願我們一生的份量〉：「金魚展翅大街，貓兒長滿鱗片／挽回神佛」。〈愛〉：「打開海浪／雨水／按編號埋進永恆」。〈阿俊〉：「大風中慢跑者，靈魂輕輕／滲出汗珠」……

他似乎不在乎詩的總體效果，或故意營造某種破碎感，以反映對時代的感受。

楊智傑有些作品帶著政治性，委婉而堅定地，控訴不公不義。很多詩人喜歡標榜自己的非政治性，美國詩人布萊（Robert Bly）在一篇題為〈躍升進入政治詩〉的文章裡則說：詩人如此自外於政治是虛構的，「如果一棵樹這樣講會更有說服力……然而一個現代人精神的生命和成長，越來越容易受到政權的風格和內涵傷害了。」

等而下之的政治滿足於情緒的宣洩，意見的抒發，不暇或無力顧及藝術性。因此，作詩常常是一種政治行為，不見得就是藝術行為。布萊進一步指出：詩人必須能輕鬆來去，具備想像的大躍進。真正的政治詩是一種自我交戰；真正的政治詩並不激化任何特殊的抗爭行為，它深化我們的知覺力。

政治詩堪稱一種反對詩學（oppositional poetics），和文化形成共振結構，都自懷疑的思索出發，然後轉化為積極主動的抗爭。（焦桐）

九　歌　文　庫　1　3　8　1

新世紀新世代詩選 1

國家圖書館出版品預行編目 (CIP) 資料

新世紀新世代詩選 / 向陽主編 -- 初版 . --
臺北市 : 九歌出版社有限公司 , 2022.06
面 ;　公分 . -- (九歌文庫 ; 1381-1382)
ISBN 978-986-450-450-3 (第 1 冊 : 平裝)
ISBN 978-986-450-451-0 (第 2 冊 : 平裝)
ISBN 978-986-450-452-7 (全套 : 平裝)

863.51　　111006630

主　　編——向陽
編　　委——白靈、焦桐、陳義芝、蕭蕭
執行編輯——鍾欣純
創 辦 人——蔡文甫
發 行 人——蔡澤玉
出版發行——九歌出版社有限公司
臺北市八德路 3 段 12 巷 57 弄 40 號
電話 / 25776564 傳真 / 25789205
郵政劃撥 / 0112295-1

九歌文學網　www.chiuko.com.tw

印　　刷——晨捷印製股份有限公司
法律顧問——龍躍天律師 · 蕭雄淋律師 · 董安丹律師
初　　版——2022 年 6 月

定　　價——450 元
書　　號——F1381
I S B N——978-986-450-450-3
9789864504466（PDF）